どこでもいいからどこかへ行きたい

pha

幻

どこでもいいから
どこかへ行きたい

行くあてはないけど家にはいたくない

旅に出るときはいつも突発的だ。

「あー、もうだめだ。やってられん。なんかだめ。もう無理。もう知らん」

日常を過ごしていると少しずつこんな風な「あーもうだめだやってられん」がたまってくる。そしてたまった「あーもうだめだやってられん」が限界に達して堰《せき》を切ると、いきなり全てを投げ捨てて旅に出たくなるのだ。

突発的な旅ばかりになるのは計画を立てるのが苦手だという性格のせいもある。

1週間後に自分が何をしたい気分になっているかなんて想像できない。1ヶ月後に自分がどこに行きたいかなんてわかるわけがない。半年後には自分がトラックにはねられて死んでいるかもしれない。

旅というのは非日常、計画の外を求めてするものなのに、その旅をきちんと計画を立てするというのは、ちょっと衝動を社会に飼い慣らされすぎじゃないか？　そんなに自分をうまく管理できるならそもそも旅になんか出なくていいのでは？　という気持ちもある。

まあそんな感じで旅に出るときはいつも突然で、できるだけ誰にも言わずに一人でいきなり出かける。

特に旅の目的があるわけでもないので早く着く必要はないし、移動中の時間が好きなので、新幹線や飛行機は使わず高速バスや鈍行列車で時間をかけて移動することが多い。

泊まる場所は移動中の車内で検索すればなんとかなる。宿にこだわりはなく、自分の家以外の場所にいられるならどこでもいいという感じなので、安いビジネスホテル、カプセルホテル、サウナ、スーパー銭湯、ネットカフェなどに泊まる。

旅先でも一切特別なことはしない。観光名所なんか一人で行ってもつまらない。景色なんて見ても2分で飽きる。一人で食事をするときはできるだけ短時間で済ませたいので、土地の名物などは食べず、旅先でも普通に吉野家の牛丼とかを食べている。

あとはマクドナルドで100円のドリンクを飲みながら持ってきた本を読んだりスマ

ホでネットを見たりする。

要は普段家の近くでやっていることを別の場所でやっているだけなんだけど、僕にとってはそれで十分楽しい。

多分、僕が旅に求めているのは珍しい経験や素晴らしい体験ではなく、単なる日常からの距離だけなのだ。


いる場所を変えるだけで考えることは変わる。特に家からの距離が重要で、同じように見える街でも家から1時間の場所と3時間の場所と6時間の場所にいるのでは気分が違ってくる。物理的に遠くに離れれば離れるほど、普段自分が属している世界を客観視しやすくなる。日帰りできない距離まで来てしまったときの「もう帰れないし泊まるしかないな」という諦めのような解放感もいい。

僕は旅に出るたび日常を振り返って反省することが多い。と言っても別にそんなに重大なことを反省するわけじゃなくて、「最近ジャンクフードばかり食べてたのはよくなかったな……改めよう」とか「部屋のあの部分が散らかってるのをずっと放置してたけど帰ったらちゃんと片付けよう……」とか、些細《ささい》だけどつい放置してしまっていたようなことなんだけど。

人間というものはすぐに惰性に流されて感覚が麻痺《まひ》して、自分のいる場所や自分のやっていることのおかしさに気づかなくなるものだ。

旅で一旦日常をリセットして距離を取って振り返ってみると、普段の生活のおかしさや行き詰まりや、もしくはなんでもないようなことが幸せだったことに気づいたりする。

旅というのは日常を見直すための、頭の中の整理に役に立つ。

「旅で自分探しをする」と言うとちょっと笑われたりするけど、僕は全然ありだと思う。人間というのは周りの環境にすごく影響を受けるものだから、身を置く環境を変えてみると、自分の行動のどの部分が周りの影響でやっていたことで、どの部分が環境によらず自分がやりたいことなのかが見えてきたりするからだ。

突発的に旅に出て、旅先でふと我に返り、自分はなんでこんなところにいるんだろう、と思う瞬間が好きだ。

今日の朝までは普通に家にいたのに、今はよく知らない街のよく知らない部屋のベッドに寝転んでいる。そう考えるとなんだかちょっとおかしくなってくる。

別に旅に出たからといって何かが根本的に解決するわけじゃない。だけど、自分の部屋で「あーもうだめだ」とうだうだ考えているよりは、よく知らない場所で「あーもうだめだ」とうだうだ考えているほうが少しだけ気分がマシだ。それだけでも来てよかったのだろうと思う。

とりあえず風呂に入って、適当に何か食べて、ごろごろして眠くなったら寝よう。明日何をするかは明日起きてから決めればいい。

目次

I

移動時間が好きだ

ぼーっとしたいときは高速バスに乗る

京都に住んでいた学生の頃、東京に行くときはいつも高速バスか青春18きっぷを使っていた。移動に時間はかかるけれど、新幹線を使うよりもそちらのほうが圧倒的に安かったからだ。

それから十数年の時が流れて今は東京に住んでいる。今でも東京から関西に行くことはときどきあるけれど、やっぱり高速バスを使うことが多い。

今ならちょっと頑張れば新幹線代も出せないことはない。だけど根が貧乏性なので「たかが移動に1万3000円も使うのはもったいない……」とつい考えてしまう。1万3000円って、財布に入っていたら5日くらい無敵な気分でいられるような額じゃないか。

というかむしろ、お金がないから我慢してやむを得ず乗ってるというよりも、積極的に高速バスに乗りたいと思っているところがある。

自分の中ではそれは一種のバイトなのだ。

例えば移動するときに、新幹線を使うと1万3000円かかるけれど高速バスを使えば5000円で済むとする。金額の差は8000円だ。

所要時間は、新幹線だと2時間で移動できるけど、高速バスだと8時間くらいかかってしまう。

8時間ずっとバスの座席に座っているのは結構だるいといえばだるい。でも、それを「8時間ずっと座ってると8000円もらえるバイト」と考えてみるとどうだろうか。

時給に換算すると1000円だ。座っているだけで1時間に1000円がもらえる。しかもシートに座っていさえすれば漫画を読んでいても眠っていてもいい。

そう考えるとちょっと割のいいバイトで、高速バスに乗れば乗るほど得をするような気がしてこないだろうか。まあ、時間に余裕がないとできないことではあるけれど。

そうした金銭的な面だけではなく、高速バスが持っている哀愁のようなものが好きだからというのもある。

太宰治の『人間失格』の中で、あらゆる名詞を悲劇に出てきそうな「悲劇名詞（トラ）」と喜劇に出てきそうな「喜劇名詞（コメ）」の二つに分ける遊びというのが出てくる。

例えば「汽車や汽船はトラ」「市電やバスはコメ」「煙草はトラ」「医者はコメ」といった具合だ。曰く、「喜劇に一個でも悲劇名詞をさしはさんでいる劇作家は、既にそれだけで落第、悲劇の場合もまた然《しか》り」らしい。

ここで太宰が想定しているバスは多分市バスのようなもので、そちらは確かにコメかもしれない。だけど、遠く離れた都市間を結ぶ高速バスはトラだと思う。そして新幹線はどう見てもコメだ。

高速バスには何かちょっと切ない感じがある。あの、電車と違って一旦乗り込むともう引き返せなくて有無を言わさずそのままどこか遠くに連れていかれてしまう感じとか、深夜の高速道路を走り続けているときの宇宙の中をあてもなく漂流しているような感じとか。

バスターミナルという空間の持つ、ちょっと不安げな雰囲気も好きだ。

高速バスのターミナルには遥か遠くの都市へ向かうバスが絶え間なく発着し、行先案内の掲示板には東西南北のさまざまな都市の名前が表示されている。待合室では大きな荷物を抱えてバスを待つ人たちがうずくまって黙り込んでいる。そんな光景を見ると、昔バックパッカーの真似事《まねごと》をして外国をふらふら一人旅したときのことを思い出す。

日本ほど鉄道が整備されている国はあまりないから、海外の旅の主な移動手段はバスになることが多かった。荷物はトランクを引きずっているとバスに乗り込むときに大変なので全部バックパックに詰めて背中に背負う。

よくわからない言葉が飛び交う異国の埃《ほこり》っぽいバスターミナルで行先案内の現地語表記の隣に小さく書かれているアルファベットの地名だけを頼りに「本当にこのバスでいいのか」「このチケットちょっと安すぎなかったか」とか不安に思いながら大きな荷物を背負ったまま地べたに座ってバスを待っているときのあの感じ。ああいうのは楽しかったな、とバスターミナルに来るたびに記憶が蘇《よみがえ》る。

進路がレールに縛られない分、鉄道よりもバスのほうが多くの都市に接続できる。だから鉄道の駅よりもバスターミナルのほうが多くの都市の名前を目にすることができる。それがいい。

鉄道ってやつは確かに便利なんだけど、レールの上しか走れないし時刻通りにきっちり来るし、そのへんが風情がないよなあと思う。ちょっとシステマチックすぎるのだ。

高速バスのターミナルの真ん中に立つと、「その気になればここからどこにでも行けるのだ」という万能感と、「一旦乗り込んでしまうともう簡単には戻ってこられないのだ」という不安感の二つを同時に持つことができて、そのなんとも言えないミックスされた気分が、すごく旅っぽいと思う。

高速バスには夜行便と昼行便があるけれど、僕は昼行便が好きなので、できるだけ昼行便に乗るようにしている。

夜に出発して朝に目的地に着く夜行便に乗れば、眠っているうちに着くし、宿代が1泊分浮くし、次の日朝から行動できるし得だ、という人もいる。

でもそれは体力のある人向けのプランだ。僕は体力がないのでそういうのはちょっとキツい。

夜行バスの座席ではうまく眠れないことも多いし、眠れたとしても不自然な体勢で眠るせいで疲れがたまって、結局その次の日は半日くらいだるくてずっと寝て過ごしてしまう。どうせ半日が潰れてしまうのなら、昼行便を使ってバス移動の時間自体を楽しんだほうがいい。

高速バスに乗り込んで最初の1時間くらいはあまり落ち着かないかもしれない。各地のバス停で乗客を拾っていくたびに車内放送が流れたりするし、高速道路に入るまではしばらく下道を走るので信号などでの停車も多いからだ。この時間帯はとりあえず準備段階として、おにぎりを食べたりメールを打ったりして過ごそう。

出発して1、2時間くらい経つと、だんだん背中がシートに馴染《なじ》んできて、心の中が静かな感じに整ってくる。ここからが一番の楽しみどころだ。

昼行便のよいところの一つ目は、景色が見えることだ。

一番の特等席はバス特有の巨大なフロントガラスから前を眺められる最前列の席だ。席を選べる場合は最前列を狙おう。

車を運転する人ならみんな、高速道路を走っているとだんだん意識がぼーっとしてくることを知っているだろう。景色は単調で道もまっすぐで信号もないという刺激の少ない状況がずっと続くからだ。

高速道路の運転という作業は、中心にある風景の消失点から周辺に向かって放射状に白線やガードレールや騒音防止フェンスが流れていくのをひたすら眺め続けるだけで、音も静かで振動も少なく、まるでこちらを催眠術にかけようとしているかのような状況だ。

だからといって運転中にぼーっとするとすごく危ないので、高速道路を運転するときはガムを噛《か》んだり人と話したりして意識を覚醒させ続ける必要がある。助手席に座っている場合も、運転手に話しかけたり定期的にお菓子をあげたりするなど気を遣わないといけない。

それは事故防止のためにはしかたないことなのだけど、せっかくの心地よくぼーっとできる陶酔環境を自ら捨てて覚醒しなければいけないなんて、もったいないことだ、と僕はいつも思ってしまう。

バスの乗客として高速を走るときなら、何も気を遣わず思う存分ぼーっとしていい。誰にも遠慮することなく高速道路の催眠性に存分に浸ることが許される。これはすごく贅沢《ぜいたく》なことだと思う。

高速バスの昼行便に乗る最大の利点は、ゆっくりと思う存分集中して本を読んだり音楽を聴いたりできるところだ。

大人になるとなかなか読書や音楽にまとまった時間を取れなくなってしまう。せわしない日常生活に追われて、一冊の本をゆっくり読んだり、音楽のアルバムを一枚通して聴いたりすることが難しい。

高速バスの中は、有無を言わさず長時間拘束されて何もすることがないのがいい。泣いても笑っても目的地に着くまではシートに座っていることしかできないから、嫌でも本や音楽に集中せざるを得ない。

僕がいつも高速バスの中に持ち込む一式は次のような感じだ。

・文庫本を数冊
・スマートフォン（音楽・ネット・読書・ゲームなどに使う）
・スマートフォン充電用バッテリー（長時間だとこれがないと死ぬ）
・アイマスクと耳栓（眠りたくなったとき用）

・水かお茶のペットボトル
・お菓子を2種類（飽きないように甘い系としょっぱい系を両方用意する）

これだけの装備があれば5、6時間くらいは余裕で戦える。

本を読んで、それに飽きてきたら音楽を聴いて、それにも飽きたらひたすら景色を眺めながらぼーっと考えごとをしたりして、そうしたらいつの間にか眠ってしまったり、目を覚ましたらまたしばらくぼーっとしたりして、そんなことを繰り返しているうちに自然に何時間も過ぎていく。

しかしまあ、本を読んだり景色を眺めたりの繰り返しで退屈しないのは、5、6時間くらいまでかもしれない。

8時間以上の行程になると最後のほうはさすがにやることもなくなってきて「いい加減早く着かないかな」ということばかり考えるようになる。

まあそれはそれで「着いたらまず何食べようか」「明日は何をしようか」という、旅先への期待を心の中で膨らませる時間と考えるとちょうどよいのかもしれないけれど。

逆に行程が短くて2、3時間くらいで着いてしまう場所だと、僕なんかは「もう少しバスに乗っていたかった」「これからがいいところだったのにな」と物足りなさを感じてしまう。

とりあえず中距離で5、6時間くらいの便が高速バス入門としてちょうどいいだろうか。片道5時間くらいで、時間帯は昼行便、できれば乗客の少ない平日がベター、座席は隣の席との間隔が広い3列独立シート、というのが高速バスを堪能するためのベストなセッティングだと思う。参考までに挙げると、東京を基準とすると5、6時間で行ける都市は名古屋・仙台・新潟などだ。興味を持った人はぜひ試してみてください。

あと、高速バスでの旅といえば、休憩で立ち寄る高速道路のサービスエリアも楽しみの一つだ。

なぜかサービスエリアにはよい印象しかない。単調な高速移動の合間に挟まる砂漠の中のオアシス的な存在だからだろうか。

あと、

・無料でお茶や座席が提供されていていくらでものんびり滞在していいところ
・いくらでものんびり滞在していいけれど、あんまりゆっくりしてると目的地に着かないので、いつも「もう少しゆっくりしたいけどそろそろ行くか」と若干名残を惜しみながら離れることになるところ

などの点が、サービスエリアに対する好印象の原因な気がする。同じような好印象は空港にも感じる。

レストラン、ショッピングモール、屋台、温泉、足湯、仮眠スペース、コインランドリーなどさまざまな施設が揃《そろ》っている高機能サービスエリアに来ると「ここに住みたい」と一瞬思ったりするけれど、実際に長居してみると1時間くらいで飽きてしまうだろうということも想像がつく。サービスエリアは短時間だからいいのだ。

最後によく使う好きなルートを紹介したい。

東京から京都か大阪に向かう高速バスの昼行便に乗る。3列シートより4列シートのほうが安いけれど、3列シートのほうが確実に快適に過ごせる。4列シートは隣の

席に誰も座らなければ広々と使えるけれど、隣の席が埋まっていると窮屈なのでギャンブル性が高い。車両タイプによっては電源やＷｉ－Ｆｉが付いているものもあるので必要な人はチェックしよう。

　東京を抜けて名古屋あたりまではあまり変化がなく、東名高速道路をひたすら走り続ける。このあたりは本を読んだり音楽を聴いたりするのにちょうどよい。天気がよければ途中で右側に富士山が見えるので見ておこう（結構でかい）。富士を過ぎたあたりでしばらく海沿いを走るので左手に太平洋が広がるのを見ることもできる。

　ずっと同じ姿勢で座っていると体が痛くなるのでこまめに体を動かしたりほぐしたりするのは大事だ。道中ずっと眠ってしまう夜行便よりも、起きたままでいる昼行便のほうが意識的に体勢をこまめに変えられるので疲れにくいと思う。エコノミークラス症候群にならないように足をこまめに動かしたり揉《も》んだりしよう。

　バスは道中に何回か休憩のためにサービスエリアに入っていく。

「停車時間は20分間、15時20分までとさせていただきます。15時20分までに必ずお席へお戻りください」

最近のサービスエリアは施設が新しくて食事や買い物などに便利なさまざまな店舗が充実しているけれど、高速バスの短い休憩時間ではゆっくり楽しむ余裕はないだろう。「もしゆっくり来ることがあるならあの丼を食べてみよう」とか思ったりするけれど、そんな機会はこの先何年も来ないかもしれないとも思う。

延々と続く東西に長い静岡県を抜けると愛知県に入り、名古屋の南の湾岸地帯を抜けていく伊勢湾岸自動車道へと進んでいく。このルートは埋立地の工業地帯の間を走り抜けていくので、青い海に浮かぶ武骨な巨大工場群をたくさん見ることができて映画みたいで楽しい。遊園地（ナガシマスパーランド）があるので観覧車やジェットコースターも間近に見える。

湾岸エリアを抜けると三重県に入る。三重県では先ほどまでの工業地帯から一転して、鈴鹿峠あたりの起伏の大きい山々の中を通るので、視界が緑に包まれる。「こんな山奥にこんな大きな道路を通すなんて人間の文明の力はすごいな……」という気分になれる。

三重県の次は滋賀県に入るのだけど、このへんになると出発から6時間くらい経っていて「いい加減バスも飽きてきたな……早く着かないかな……」という気分になってくる。持ってきた本も読み飽きたし音楽も聴き飽きた。ツイッターに「バス飽きただるい」などと投稿して気を紛らしたりする。

でも、いい加減疲れてだるくなってきていても、到着まであと30分くらいになるとなんだかそわそわしてきて、バスを降りるのが名残惜しいような気持ちになってくるものだ。やがて高速道路を降り下道に移行すると、遠く離れた別の都市にやってきたのだという実感がじわじわと湧いてくる。

「長時間の御乗車お疲れ様でした。まもなく終点、○○駅に到着致します」

荷物を持ってバスを降りる。道のりは長かったが着いてみるとあっけなかった気がする。久しぶりに地面を踏んだような気分になる。もう外に出ても20分後の発車時間までに戻ってくる必要はない。シャバだ。自由を感じる。自分の好きなようにどこに歩いていってもいいのだ。

街の人々が聞き慣れないイントネーションで話している。日常の生活は遥か遠い土地に置いてきた。しばらくしたらまたそこに戻らないといけないとしても、今は全部忘れたことにして、とりあえず今日の宿に荷物を置きに行こう。

青春18きっぷでだらだら旅をするのが好きだ

青春18きっぷで長い時間をかけてゆっくりだらだらと移動する旅が好きだ。

最近ショックを受けたのは「18きっぷで旅行した」という話をすると、「何それ？」と言われたり、「いい年してそんなの使うのは違反でしょ」とか言われたりしたことだ。

僕は学生の頃から格安旅行に必須の手段として常用していたし（関西に住んでいたので東京に来るときは大体18きっぷか夜行バスを使っていた）、自分の周りもみんな普通に使っていたので、一般常識的なものだとばかり思っていた……。

「青春18きっぷ」はJRが毎年春・夏・冬の期間限定（ちょうど学生の春休み・夏休み・冬休みの期間）で出している、JRの電車が普通列車ならどこでも一日乗り放題になるという夢のような切符だ（一部例外区間はある）。

「青春」とか「18」という名前が付いているけど、別に若者じゃなくても中年でも老人でも誰でも使える。値段は5枚セットで1万2050円だ。つまりこれを使うと1回分たった2410円で、一日で移動できる範囲ならどこまでも行けるというわけだ。始発から終電まで乗り続ければ東京から多分山口県くらいまで1回分で行ける。体力的にかなりキツいけれど。

5枚セットじゃないと買えないので2回や3回だけしか使わない人には割高だと思われるかもしれないけど、余った分は金券ショップで1回分1500〜2000円くらいで買い取ってくれる。店頭に「18きっぷあります」などと書いてあって取り扱いに慣れている金券ショップのほうが高く買い取ってくれやすい。18きっぷは未使用で5回分が揃っているものよりも、残り1回とか2回とかのもののほうが使いやすくて価値がある。

もちろん普通列車の旅だと移動に時間がかかる。東京から大阪まで新幹線だと2時間半くらいで着くけど、普通列車だと9時間くらいかかる。

でも僕は旅の中で移動中が一番楽しいというか、目的地に早く着いちゃうともったいないような感じがあって、移動が長いのはあまり苦にならない。

電車やバスでの長距離移動中というのは頭を使わずぼーっとするのに最適な時間だと思う。

日常生活の中で何もせずぼーっとするのって意外と難しい。家にいるとつい家事をやらなきゃとか考えてしまったり、テレビやネットを見続けてしまったりする。

それは「何も考えない」というのが難しいのと似ている。「何も考えないでおこう！」と思っても心を空っぽにするのは難しくて、「何も考えない」ということ自体を延々と考えてしまったりする。

だから瞑想《めいそう》なんかでは、心の中に一つの点をイメージしてそこにひたすら意識を集中するとか、手や足をものすごく遅いスピードで動かしてその体の感覚に意識を集中することで心の中を無に近づける、というような技法がある。

そういうのと同じで、乗り物で移動しているときは、車窓を流れる景色をぼーっと見ているだけでなんとなく気が紛れる。移動をしているということでなんか時間を無駄にしていないような気になって、心が穏やかでいられる。

移動中はぼーっとしていてもいいし、何か考えごとをするのもいいし、本を読んだり音楽を聴いたりするのにもゆっくりと集中できる。

移動に時間がかかったほうが遠く離れた場所に行くのだということを体で実感できて好きだというのもある。

鈍行列車での移動は景色をゆっくり見られるのがいい。飛行機や新幹線だと速すぎて景色を楽しめない。

18きっぷで何時間も電車に乗って旅をするたびに「あー、日本ってこんな広い国だったんだな……」と実感する。普段都会に住んでると意識しないけど、日本は本当に山と海と田んぼばっかりの国だ。電車で少しずつ土地を移動していくにつれて、人の話す言葉や服装やうどんの味付けなどが少しずつ変わっていくのを観察するのも好きだ。

だから新幹線や飛行機を使って途中の土地をすっ飛ばしてワープするみたいな感じで目的地に着くよりも、18きっぷで時間をかけて辿《たど》り着くほうが自分の中で贅沢な旅だという気持ちがある。

でもまあ、何時間もずっと電車に乗っていると飽きてくるのも確かだ。座りっぱなしだとお尻も痛くなってくる。だから、僕が一番好きなのは18きっぷでときどき途中下車をしながらする旅だ。

ぼんやりと風景を眺めつつ、イヤフォンで音楽を聴きながら1時間くらい電車に乗って、ちょっと飽きてきたら適当な駅で降りてごはんを食べて、駅の近くの本屋で本を買って電車の中で読んで、飽きてきたらまた適当な駅で降りて喫茶店で飲み物を飲んだりする、というのを延々と繰り返す旅がすごく好きだ。温泉のある街だと駅前に無料の足湯があったりするのでそういうところで休憩するのもよい。

特に用もなく今まで降りたことがない駅で降りてみるのも好きだ。駅前の様子を観察して、「この県庁所在地はこれくらい発展しているのか、大きな本屋とかデパートとか一通りあるし住んでも不自由しなそうだな」とか、「この駅は複数の路線の乗換駅なのに駅前に喫茶店の一つもないのか、次の電車まで1時間半もあるのに厳しい……」とかそういうことを考えるのが楽しい。いろんな街を見てその街でたくさんの人がさまざまな生活をしているんだなというのを想像するのが好きなのだと思う。

そんな風に電車に乗ったり降りたりしながら移動していると、だんだん日が傾いてきて、そろそろ今晩の宿はどうしようかということを考え始める。

宿を探すにはある程度大きな街に行く必要がある。安く一夜を過ごせるネットカフェやサウナやカプセルホテルは、ある程度以上の繁華街にしかない。安いビジネスホテルもある程度以上の都市にしかない。電車の中でスマートフォンを使って地図や路線図やホテル予約アプリを見て、夜を過ごすための大きな街の見当を付ける。

そうやって無事に宿を確保できるとほっとする。よく知らない街の安っぽい寝床で眠りにつく瞬間が一番、「旅だなー」って気分になる。その一瞬の「感じ」を味わうために、僕はときどき旅に出てしまうのだと思う。

一人で意味もなくビジネスホテルに泊まるのが好きだ

一人でビジネスホテルに泊まるのが好きで、ときどき用もないのに泊まりたくなる。1泊4000円くらいの一番安いやつだ。

なんとなく毎日の生活に飽きてきたときとかに、ネットの旅行サイトでとにかく安いビジネスホテルを検索して、「1泊4000円プラス交通費を出せば、行ったことのない街でぶらっと散歩したり適当に飯屋でごはんを食べたりしてからいつもと違う部屋の清潔なベッドでゆっくり眠って朝を迎えられるのか……」と想像するだけで、なんだか解放感を覚えることができるのだ。

ホテルというのは日によって値段が変わるものだけど、日曜が一番安いことが多い。平日は出張の人が泊まるし、週末は休日に出かける人が泊まる。そのどちらもが来なくて空いているのが日曜の夜だからだ。日程に調整がつくなら日曜の夜を狙ってみよう。

ビジネスホテルのあの、とりあえず生活に必要なものは一通り揃っているけれど、全部高級ではなく安っぽくて、部屋も狭くて、でもそれなりに清潔感だけはある、という最低限かつ機能的な感じが好きだ。

変に高級なホテルだと、「ここはいい部屋なんだからあまり散らかしてはいけない……」とか「だらしない格好で寝そべるんじゃなくてもっと優雅に過ごさなければいけない……」とか、いろいろ遠慮して気を遣ってしまってくつろげなそうだけど、ビジネスホテルは安っぽい感じだからこそ、自宅と同じように気兼ねなく自由に過ごすことができる。

ビジネスホテルはどこに泊まっても画一的で同じような部屋なのもいい。日本全国どの土地のビジネスホテルに泊まっても、部屋に入るとワープして全部同じ空間につながっているんじゃないかというくらい、無個性で外界から隔絶されている量産型の水槽のような感じがある。

フロントで簡単なチェックインを済ませて、部屋に入ってドアを閉めた瞬間、「よっしゃー」という気分になる。でも別に部屋で何か特別なことをするわけじゃない。最初は少しテンションが上がって、意味もなく服を脱いで綺麗《きれい》にシーツがセットされたベッドにダイブをし、ムフーンとか唸《うな》りながら裸でごろごろ転がってみたりもするけど、すぐに我に返って落ち着いて服を着て、あとは一人でだらだらとテレビを見たりインターネットを見たりするだけだ。食事なんかも適当にコンビニで弁当を買ってきて部屋で食べたりする。

要は僕がビジネスホテルでやっていることは普段家でやっていることと全く変わらない。でもそれがいつもと違う場所だというだけでなんだかすごく楽しくて解放感がある。見てるものは同じはずなのにいつもと違う場所で見るインターネットはなんであんなに楽しいんだろうか。普段ほとんど見ないテレビもビジネスホテルでは面白く見たりする。それは、外で弁当を食べたりお酒を飲んだりすると美味《おい》しいのと同じことなんだろうか。

旅行をしても旅先でネットを見たり本を読んだりすることが多いんだけど、そういうことをしてると「せっかく旅行してるのにもったいない。もっと何か旅でしかできないことをすればいいのに」って言われたりする。でも、それはちょっと違うな、と思う。

僕の実感としては、「旅行中にインターネットをしている」のではなくて、「ずっと家でインターネットしてると飽きるからたまには別の場所でインターネットをしている」というほうが近い。部屋が好きだし部屋で過ごすのが好きだけど、でもずっと同じ部屋でネットをしているとなんか行き詰まったり飽きたりしてくるところがどうしても出てくる。だからたまにちょっとこもる部屋を変えてみるという、それだけのことなのだ。

僕は何もせずに部屋でだらだら過ごすのが好きだけど、そんな自分にもやはり少しの目新しさとか変化のようなものが何か必要なのだと思う。何もしたくないけどずっと何もしていないのもつらい。我ながら面倒臭いと思うけど、まあ人間はそういうものなんだろう。そうした「ずっとひきこもってたい」と「ずっと家にいると飽きる」という矛盾した欲求を両方満たすのが、「一人でビジネスホテルにひきこもって普段と変わらない生活をする」なのだと思う。もし将来すごいお金持ちになったら、毎日いろんな都市を移動しながら、いろんなビジネスホテルを泊まり歩くような生活がしてみたい。

でも、ビジネスホテルに泊まるのは好きだけど、同じ部屋に続けて2泊したいとはあまり思わない。せっかく日常から逃れて新しい場所に来たのに、2泊目に突入するともう部屋の新鮮さが腐り始めて、空間が日常に侵されていく気がするからだ。ビジネスホテルは1泊に限る。ずっと部屋でのんびりし続ける場所としては、やっぱりちょっと狭いし。

しかし、家にいてもビジネスホテルにいても一人で部屋にこもっているときに思うのは、「自分は20年前と何も変わってないな」ということだ。

中学生や高校生の頃、別にひきこもりではなく学校には行ってたけど、友達もいなくて部活もせず学校が終わるとすぐに帰宅して、ずっと自分の部屋でひたすら本を読んだりゲームをしたりしているのが好きだった。

その頃の生活と今の生活はほとんど変わらない。相変わらず部屋で本を読んだりゲームをしたりしている。変わったのは、中学生の頃は部屋にあったのがスーパーファミコンと週刊少年ジャンプと筒井康隆の小説だったけど、30代の今はそれがパソコンとスマホとインターネットに変わっただけだ。人間は年を取っても本質的には変わらないものだと思う。

　ただ、もし一つ変わったことがあるとすれば「外の世界に期待をしなくなった」ということかもしれない。10代の頃は部屋にこもりつつも、なんか外の世界に対する焦りや期待や憧れがあった。「このままじゃだめだ」とか「外にはもっと面白いものがあるんじゃないか」という気持ちがあった。

　その頃はまだ、世界はこんなにつまらないものであるはずがない、冴《さ》えない自分の人生を劇的に変えてくれるものがどこかにあると信じていた。今の自分がたまたま持っていないだけで、その「何か」を手に入れればもっとうまく、もっと楽しく生きられるはずだと思っていた。

　かといって「リア充を目指す」とか「学校をやめる」とか積極的に行動して自分の状況を変えようというほどアクティブじゃなかった僕は、なんとなく受動的に、だるそうな顔をしながら学校に通って、真面目に勉強するふりをしながら、頭の中でぼんやりと、高校に行けば何かが変わるはずだ、大学に行けば何かが変わるはずだ、一人暮らしをすれば何かが変わるはずだ、恋人ができれば何かが変わるはずだ、海外に行けば何かが変わるはずだ、などとひたすら空想し続けていた。

結局のところ、そのあたりの憧れていたものを実際に手に入れても、世界も自分も大して変わらなかった。人生を劇的に変えてくれる「何か」なんて存在しなかった。まあそういうものだ。

やっぱり10代の頃なんかは無駄にエネルギーが余ってる上にいろんな経験が足りないから、持ってないものに憧れて期待してしまうんだろう。そのうち年を取ると、それなりにいろんな経験をしたせいかそれとも単に体力がなくなってきたせいか、「もっとなんかやらなきゃ、あれをすれば人生が劇的に変わるかもしれない」みたいな焦りや期待はなくなってきて、「何をやってもどこに行っても大して変わらないし、まあ俺は大体こんなもんだよね」という感じで落ち着いてしまう。

結局、自分が欲しいものは最初から全て小さい部屋の中にあった。外に何かを求める必要はない。

ただ、同じ空間にずっといると飽きてしまったりするから、ビジネスホテルに泊まるみたいにときどきちょっとだけ環境を変えてやって、何か少し世界に新鮮味があるような錯覚を自分に与えてやればいいんだろう。大体世界に画期的な変化なんてほとんど起こらなくて、ほとんどは自分が少し世界の見方を変えることで何かが変わったような気がするだけだ。

人生なんていろいろあるようで結局そんなもので、狭い範囲を行ったり来たりしながら同じことを繰り返して、体力が余ったら適当に消耗させて、たまに気分を変えるために違うことをしてなんかちょっと新しいことをやった気分になって、そんなサイクルを何回も何回も何回も何回も繰り返しているうちに、そのうちお迎えが来て死ぬのだろう。まあそんなもんでいいんじゃないだろうか。

なにゆゑに室《へや》は四角でならぬかときちがひのやうに室を見まはす　　前川佐美雄

スーパー銭湯があれば戦える

旅行中に見かけるとほぼ必ず立ち寄る場所としてスーパー銭湯がある。

そんなに風呂が好きなのかというと、まあお風呂は好きなほうなんだけど、「風呂に入りたいから行く」というよりは、「旅先では寝転んで休める場所が他にないので、見つけたらとりあえず立ち寄って体力を回復しておく」という、消去法的な理由というか、ゲームで言うところのセーブポイント的な用途によるところが大きい。

基本的に僕は肉体的にも精神的にも疲れやすくて、何かというとすぐに家に帰りたくなる体質だ。

人の大勢いる騒がしい場所に長時間滞在すると神経がだんだんささくれ立ってきて、そのまま放っておくと最終的には精神が山芋のように擂《す》りおろされてドロドロになってまともにものが考えられなくなり、回復するためには暗い場所で毛布をかぶってアーウーアーなどとよくわからない唸り声を発しながらしばらくの間閉じこもることなどが必要になる。

普段の生活でもそんな感じなのだけど、旅行中は長時間バスや電車に乗ったり重い荷物を背負って歩き回ったりするので余計消耗が速くなるのだ。

それだったらそもそも旅行なんてせずに家からあまり出ないようにするか、外に出るときも家からあまり離れないようにしたほうがいいのかもしれない。

だけど家の近くから離れない生活をずっと続けていると、それはそれでなんかうんざりしてきて、「オー、こんな決まりきった毎日は嫌だ！　この腐った日常から逃げ出したい！」みたいな感じで気分が沸騰してきて、つい衝動的に旅に出てしまう。我ながら難儀な性格だと思う。

疲れたときは静かな場所でゴロンと横になって、目の上にタオルなどの布をかぶせて暗くしているとだんだん状態が回復してくるのだけど、問題なのは外でゆっくりゴロンと横になれる場所というのがスーパー銭湯の休憩室くらいしかないということだ。

もっと気軽に寝転べる場所が街にたくさんあればいいのにと思う。寝転べる喫茶店とか寝転べる商店街とか寝転べる駅前広場とか、僕みたいな疲れやすくてすぐ寝転びたくなる人のために誰か是非実現を検討してほしい。

公園に行けば芝生やベンチで寝転べたりもするけれど、天気に左右されるし、子供がワイワイしてたり犬がワンワン吠《ほ》えてたりでゆっくりゴロンとできないことも多い。しかたがないので確実にゴロンができるスーパー銭湯を目指すことになる。

「旅行中にスーパー銭湯に行くくらいだったら温泉に行ったほうが旅っぽくてよいのではないか」と思う人もいるかもしれない。

もちろん温泉も嫌いじゃない。だけど温泉が湧いているのは大体都市部からちょっと離れたところなので、行くのが面倒臭い。交通費も余計にかかるし。

温泉のよいところってなんだろうか。天然温泉で湯の質がいいとちょっと得した気にもなるけど、「自分なんかの肌をスベスベにしても別に誰も見てないし、どうせすぐ汚れるよな」とも思うのでわりとどうでもいい。

僕の旅の目的は「いつもと違う場所で時間を過ごす」ということだけで非日常性はあまり求めていないので、雰囲気や珍しさよりも便利さや値段の安さのほうが重要なのだ。

温泉地には僕が旅で泊まるような安宿、ネットカフェやカプセルホテルやビジネスホテルなどがない。

ひなびた温泉街を探せば素泊まり3000円くらいの安い民宿はあったりもするけど、近所にコンビニやファストフードなどの安く飲食したり時間を潰したりできる店がない。

それだったら都市部にあるスーパー銭湯のほうが便利でよい。僕にとって風呂はあくまで回復ポイントであって、わざわざ時間をかけて行くものではないのだ。

あと、観光客が行くような場所よりも、地元の人たちが普通に使っているような場所に行くのが好きだという理由もある。地方のスーパーとかショッピングセンターとかを見るのも好きだし。

僕にとって旅行というのは普段しないような珍しい体験をしたくてするものではなくて、ただ自分のいつもの見慣れた日常を抜け出して、知らない土地で行われている別の日常を覗《のぞ》き見したくてしているようなところがあるのだと思う。

最近はスーパー銭湯にもいろんなタイプがあって楽しい。

できたばかりのスマートな感じのスパに行くと、岩盤浴や高濃度炭酸泉やジャグジーなどの綺麗な設備があって快適だし、「健康ランド」と呼ばれているような昔ながらの古い施設に行くと、大広間で大衆演劇の公演をやっていたりして昭和感が珍しくて面白い。

ちなみに「スーパー銭湯と健康ランドの違い」というのは、もともとの定義としては、スーパー銭湯は「料金は800円くらいで銭湯を単に大きくした感じのもの」で、健康ランドは「料金は2000円前後で館内着が付いてきて宿泊とかマッサージとかいろんなサービスがあるもの」みたいな感じだったらしい。

だけど最近はスーパー銭湯にもマッサージなどいろいろなサービスが充実しているところが増えたり、あと健康ランドという呼び名が少し古臭い響きのため最近のその種の施設は「スパ」などと名乗ることが多くなったりとかで、呼び名の定義は全体的にあいまいになっているようだ。全部まとめてスーパー銭湯と呼んでいるのもよく見かける。

まあ、僕にとっては大きい風呂に入れて広い休憩所でゆっくり休めれば、他になんの設備があるかはオマケみたいなものでどうでもいい。

湯に浸《つ》かるとなんであんなに精神が回復するのだろうか。ただの温めたH_2Oなのに。

風呂に入ってサッパリしてから座敷の真新しい畳の上でゴロンとしてると、「これ以上人生に何か求めるものがあるだろうか（いやない）」というような気分になる。

僕は旅行中の宿としても、24時間営業のスーパー銭湯、スパ、サウナなどをよく使う。この種の施設に泊まるとホテルよりも安く済むし、夜に風呂に入って寝て朝起きてまた風呂に入るということができるのでお得感がある。

ただ、この中のサウナというやつが曲者《くせもの》で、僕はずっとサウナに対してアンビバレントな感情を抱き続けていた。それは「サウナ施設に泊まるのは大好きだけど、サウナ風呂自体は超苦手だ」というものだ。

男性専用の施設が多いので女性の人はあまり泊まったことがないかもしれないけれど、サウナ施設というのは宿泊場所としてすごくよい。サウナ施設は大体都心部の繁華街にある。終電を逃したサラリーマンが泊まることが多いからだ。

サウナに宿泊する場合、大体の施設では眠る場所をカプセルホテルと仮眠室の2種類から選べる。カプセルホテルより仮眠室のほうが少し安い。

カプセルホテルは、人が一人ちょうど眠れる大きさのカプセルが上下2段に積み重ねられているという構造で、ちょっとSF感がある。

仮眠室は、暗くて静かな部屋に2段ベッドがたくさん置いてあったり、リクライニングソファがたくさん並べられていたりする、という感じだ。金曜の夜など宿泊者が多くて寝る場所が足りない場合は広間の床に追加で布団が敷かれることもある。

夜遅くなって家に帰れないけど、とりあえず風呂に入って朝まで横になって休みたい。だけどホテルなどのきちんとした場所に泊まるのはお金がもったいない。そんなときに、サウナは最適なのだ。

僕はサウナ風呂は苦手だったのだけど、昔からよく旅をするときに安宿としてサウナを使っていた。サウナ風呂を使わなくても、大きな風呂がある大浴場と漫画がたくさんある休憩室と眠れる仮眠室があるだけで十分料金の元は取れるからだ。

仮眠室やカプセルで泊まるときは周りのいびきがうるさい場合があるので耳栓を持っていくとよいだろう。

サウナのよさというのはなんというか、「おっさんの楽園」感がすごいところだ。

男性専用なのでおっさんばかりが大量に集まっていて、女性の目がないので基本的にみんなだらしなくだらけきっている。館内着の前がはだけてたるんだ胸や腹が見えている人も多い。

サウナの休憩室や食堂では、疲れたおっさんたちが風呂に入って命の洗濯をして、風呂上がりにビールを飲みながらうつろな目で野球や相撲を見ている姿を大量に観察することができる。

そして、自分もビールなどを飲んで、そのおっさんの群れに仲間入りしてみるとすごく心地いい。

おっさんばかりがたくさんいる部屋で、おっさん向けの雑誌やおっさん向けの漫画を読んで、おっさん向けの定食を食べて、おっさんぽくビールを飲んでおっさんぽくゲップをして、おっさんぽい気の抜けた顔をしておっさんぽいポーズでだらしなく寝転がる。

あー、これは楽だ。

なんにも気を遣わなくていい。

みっともなくてだらしなくても誰も気にしない。
みんなみっともなくてだらしないのだから。
天国というのはこういう場所なのかもしれない。

……という風にサウナ施設はずっと大好きだったのだけど、その中にあるサウナ風呂は熱くて苦しいだけで何がいいのかわからなくて、毎回完全に避けて通っていた。僕の中で「サウナ・水風呂・電気風呂」は「何がいいのか全くわからない三大拷問風呂」として脳内に登録していたくらいだ。

サウナ風呂ってなぜか結構どこにでもあって、近所の銭湯とかでも狭くて暑い部屋におっさんが大量に詰め込まれているけれど、あれは一体何が楽しいのか。あんなに暑くて息苦しいところに入って平気な中年や老人は老化で感覚が麻痺しているだけじゃないのか。マゾヒストの我慢大会か、くらいのことを思っていた。

そう、今年の3月7日、サウナの日にあの体験をするまでは……。

37歳になったらサウナに行こう

「スーパー銭湯があれば戦える」で書いたように、サウナ施設に泊まるのは大好きだけどサウナ風呂自体は単なる拷問アトラクションだと思って避けていた僕がサウナ風呂に興味を持ったのは、ある漫画がきっかけだった。

それは週刊モーニングに連載されていた『マンガ　サ道』だ。

著者のタナカカツキさんも昔は僕と同じでサウナと水風呂が超苦手だったらしいのだけど、あるときたまたまサウナの気持ちよさを知って「世の中のオッサンらはこんな気持ちいいことしとったんか！」と思い、サウナを楽しむための「サ道」の伝道師として活動するまでになったらしい。

……うーむ、本当だろうか。この漫画によるとサウナというのは正しく入るとすごく気持ちいいものらしい。それが本当なら自分もその快楽を味わってみたい。でもやっぱり一部の人だけが楽しめるもので、自分には無理なんじゃないか。今まで何度かサウナに挑戦してみたことはあるけど、苦しくていつも10秒ももたずに出てきてしまったし。

そんな風に興味を持ちつつも実際に足を運ぶまではいかないという状態のときに、偶然3月7日がサウナの日だということを知ったのだった。

僕は冬が苦手だ。

気温が低いせいか日照時間が短いせいか、冬はいつも体の調子も悪くなるし精神的にも鬱々とし続ける。

特に今年の冬は最悪だった。精神の落ち込みも底に達して、毎日全く楽しいことがなかった。何もやる気がせず動く気もせず一日中布団の中でスマホを見ていて、目を使いすぎのせいか首や肩や背中のこりもひどく、特に首がつらくて、いっそのこと切り落としてしまいたいと思うくらい毎日首が痛かった。あと足先の冷えもひどくて、靴の中には必ずカイロを入れないと外出ができなかった。

そんなときに、たまたま家の近くを歩いていたら一枚のポスターが目に入ったのだ。

「3月7日はサウナの日　満37歳のお客様は入場無料！」

その場所にサウナがあるのは前から知っていた。その店はなぜか玄関に人間と同じ大きさのガンダムのモビルスーツのフィギュアが置いてあって目立っていたからだ。なんでサウナにザクがあるんだろう……。

僕はサウナを旅先での宿泊施設としか考えていなかったので、家の近くだと特に行くことはないだろうと思っていた。

しかし、そういえば自分は今ちょうど37歳だ。

無料で入れるのか……。

ちょうどサウナに興味があったし、無料だったら楽しめなくても別に損はしないし、行ってみるのもありだろうか。

やっぱりつらかったら風呂だけ入って帰ってきたらいいし。

37歳の今、偶然このポスターを見たというのも何かの運命かもしれない。

そうして僕はおそるおそるサウナの門をくぐったのだった。

受付で身分証明書を出して満37歳であることを証明するとすんなり無料で入れてもらうことができた。

店員の人が親切な感じだったので「僕サウナあんまり行ったことないんですけど楽しめますかね」などと話しかけてみると、

「あー、サウナというのは水風呂とサウナでワンセットなんですが、うちは水風呂がちょっと冷ためなので、もうちょっとぬるいところのほうが初心者にも入門しやすいかもですねえ」

などと言われて早速びびる。

そう、サウナというのは水風呂が大事らしいのだ。

『マンガ　サ道』にも「水風呂がわかるとサウナがわかる」と書いてあった。サウナ室に入るだけでは単に体をグリルしただけで意味がない。サウナ室のあとに水風呂で全身を冷やす、その二つを繰り返すことで心身が良い状態に整うらしい。

僕はサウナも苦手だけど水風呂も同じくらい苦手なんだけど……。こんな寒い冬にわざわざ水風呂に入るとか狂人の所業なのでは？

そんな風に腰が引けながらも服を脱いで、サウナ室を目指した。

サウナ室の扉を開けると物凄《ものすご》い熱気に包まれて、一瞬でもう出たくなる。

暑い。苦しい。つらい。

空気が熱くて鼻や喉などの呼吸器がしんどい。

ううむ、なんだこの苦行は……。

壁には見たことのないタイプのアナログ時計が掛けられている。短針はなく、長針は12分で一周するようだ。あとで知ったがサウナには付きものの「12分計」という時計らしい。

確か、サウナ室には5分から10分くらい入ればいいそうだけど、そんなにかかるのか……。

もうかなりつらくて出たくなってるのだけど、時計を見るとまだ1分しか経っていない。

本当に、なんなのだろうかこの苦行は。

ただ、そのときの僕は先に書いたように精神的にとても鬱々としていた。

一人で何もせず毎日暗いことを考えているくらいだったら、サウナ室で地獄の拷問を受けていたほうが、その間は難しいことを何も考えられないのでマシかもしれない。

そう思うと少し耐えられるような気がした。

熱い空気によって全身の皮膚が熱せられ、体中から汗が噴き出してだらだらと流れて床に落ちていく。

苦しさはずっと変わらないのだけど、ふと思ったのは、これは脳は苦しいと感じているけど皮膚にとっては気持ちいいのかもしれない、ということだ。

目や鼻や脳など、中枢神経系は暑さと熱さで苦しんでいる。だけど、皮膚に感覚を絞ってみると、普段感じることのないような熱刺激によって、皮膚だけはちょっと心地よくなっているかもしれない。

僕は普段の生活で、本を読んだり音楽を聴いたりお菓子を食べたり、目や耳や舌や脳を喜ばせることばっかりやっていた気がする。皮膚とか筋肉のことなんていつもほったらかしだった。そのせいで首や肩のこりや足の冷えがこんなにひどいのかもしれない。

中央の奴《やつ》らはいつもそうだ。末端の現場が何を感じてるかなんて全く考えもせず、自分たちを喜ばせることしか考えていない。そう、どこかの政治家みたいに……。

皮膚は本も読めないし音楽も聴けない。そんな皮膚にとって、このサウナの熱というのは、最大の娯楽というかエンターテインメント体験なのではないだろうか。

皮膚、普段ほったらかしていてごめん、せめてものお詫《わ》びに今は熱を楽しんでくれ、という自分の体に対する贖罪《しょくざい》意識とともに、さらに何分かの熱地獄を耐えた。

だいぶ頑張ったつもりだったけど、結局入ってから6分くらいで耐えきれなくなってサウナ室を出た。

正しいサウナの作法としては、サウナ室を出たあとは汗を流して、水風呂に入らないといけないらしい。

水風呂すごく苦手なんだけどどうしよう……。

足をちょっとだけ水に浸けてみて、冷たい冷たい無理無理死ぬと思う。

でも、せっかく来たのだし、ぼーっとしていても暗いことを考えるだけだし、と思って勇気を出して浸かってみる。

うう、冷たすぎる……。冷たすぎて全く身動きができない。

ただ水風呂に入ると、サウナで朦朧《もうろう》としていた意識が急激にパキッとした感じになった。視界が一気にクリアになるのがわかる。この感覚はちょっと面白い。

この冷たさも皮膚にとっては良い娯楽だろう。

冷たすぎて全身が強張《こわば》って全く動けないのだけど、なぜか呼吸は普段より深く入った気がする。

しかしやはり冷たさがつらくて、1分足らずで出てしまった。

サウナというのは「サウナ↓水風呂↓休憩」というサイクルを何回か繰り返すのが良いらしい。

それぞれの時間の割合は「5：1：5」というのが一つの目安として言われている。

つまり「サウナ5分：水風呂1分：休憩5分」や「サウナ10分：水風呂2分：休憩10分」ということだ。

次は休憩だ。浴場の中に置いてあるプラスチック製の椅子に座って休む。

じっと休んでいると、少しずつ水風呂による冷えが去って全身に血行が戻ってくるのを感じる。

そしてしばらくすると「その感覚」が来た。

なんだか手足がしびれてきた。全身がズシンと石のように重くなって、椅子にめりこんで永遠に沈んでいくように感じる。重すぎて全く動けない。

全身が重いのだけど、重いのと同時に体がふわふわと浮かんでいるようにも感じる。不思議な感覚だ。

脳が炭酸に浸されたかのようにフツフツと沸き立って、意識が延々とどこかに浮かび続けていくようだ。

視界がすごくくっきりと鮮明になり、壁のタイルの模様がゆらゆらとゆらめいているようにも見える。

これが本に書いてあったサウナトランスというやつなのか。

そのまま意識を飛ばされてしまいそうになったけど、せっかくだからもうワンセットやろう、と頑張って立ち上がってもう一度サウナと水風呂に入って、今度は館内着を着て休憩室に移動して、リクライニングソファで毛布をかぶって横になった。

しばらくするとまたあの感覚が来る。体を横たえるとさらに全身が浮かんでいく感覚が強くなる。

意識や感覚を「それ」に持っていかれるままにまかせ、ようやく醒《さ》めて意識が通常に戻ってきたときには、いつの間にか入店から1時間半ほどが経っていた。

気づくと、心なしかサウナに入る前よりも心身がスッキリしているような気がした。


初めてのサウナ体験は思ったよりすごかった。

これはハマる人がいるのはわかる。

まさに「オッサンらはこんな気持ちいいことしとったんか！」って感じだ。こんな身近な場所にこんな非日常的な体験があったとは……。

今まで僕は何度もスーパー銭湯に通ったりサウナに泊まったりしてたにもかかわらず、こんなよいものを全スルーしていたとは、なんてもったいないことをしていたんだろう。これは全国のスーパー銭湯やサウナをもう一度巡り直す必要があるかもしれない。

その日から僕のサウナ通いが始まった。

今まで気にしたことがなかったけど意外と街にはたくさんのサウナがあって、それらを一つ一つ巡っていくのは楽しかった。

気分が落ち込んでいたその頃の僕にとっては「サウナだけがこの世で唯一楽しいこと」という感じだった。

もともと、今住んでいるシェアハウスに風呂がないためときどき銭湯に通っていたのだけど、その銭湯の何回かに1回をサウナに変えた。

何度もサウナに入って場数を踏むにつれて、サウナ室の熱さや水風呂の冷たさにもだんだん慣れてきて、最初ほど抵抗を感じずに楽しめるようになってきた。

そうやってサウナに通っているうちに精神状態や健康状態もよくなって、今はサウナを知る前に比べてだいぶ元気になったように思う。

37歳という、体に衰えを感じ始め生き方の見直しが必要になってくるこのタイミングでサウナに出合ったのは、とてもよいことだった。ありがとう、サウナの日。

今ではスーパー銭湯に行ったときも欠かさずサウナに入る。

サウナと水風呂を楽しめるようになったことで、それまでも好きだったスーパー銭湯をさらに3倍くらい満喫できるようになった気がする。

今まではスーパー銭湯に行っても、「風呂に入って体を温めてそのあと休憩室でぼーっとするだけ」という感じで、1時間もすると飽きて出てしまったのだけど、今は「とりあえず風呂に入って、次はサウナと水風呂に入って、そのあと休憩室でしばらく寝て、リフレッシュしたところでまた軽く風呂に入る」なんてことをやるようになり、5時間くらいは余裕で滞在できるようになった。

単に風呂で体を温めるだけではなく、水風呂で冷やすというフェーズを入れることでメリハリがついて、飽きずに長時間楽しめるようになったのだ。

昔は「寒いのは嫌い、冷えるのは悪」という感じで忌み嫌ってた水風呂だけど、最近ではサウナに入らなくても普通の風呂のあとでも水風呂に入りたくなったりするくらいだ。

前に「サウナ・水風呂・電気風呂」の3つを「『何がいいのか全くわからない三大拷問風呂』として脳内に登録していた」と書いたけど、3つのうちサウナと水風呂については37歳にしてそのよさを理解することができた。よかったですね。

あと一つ電気風呂が残っているけれど……。あれは肌がピリピリ痛くて嫌いなんだけど、大して文化的奥行きがなさそうなので別に掘り下げなくてもいいような気がしている。最近あんまり見かけないし。

あれはなんか、江戸時代に平賀源内が「エレキテル」という静電気発生装置を作って「不思議なエレキの力で万病が治る！」とか根拠なく言ってたのとか、電気が珍しかった明治時代の頃になんにでも「電気」という言葉を付ければハイカラでお洒落《しゃれ》みたいなノリで「デンキブラン」のような酒が生まれたりしたのとか、そういうのと同じ匂いがする。

あと、そういう系の風呂でよくわからないのがもう一つあるのだけど、ときどき見かけるラジウム温泉とかラドン温泉とかいう「放射能泉」はどうなんだろう。あれも放射能や原子力になんとなく前向きな未来感やハイテク感があった時代に漠然と作られただけのものではないのだろうか。

「微量の放射線は体にいい」と主張する「放射線ホルミシス効果」という説があるらしいのだけど、怪しい感じがする……。ちょっとインターネットで調べてみたけど賛否両論あってよくわからなかった。風呂の世界はまだまだ奥が深い。

理想のサウナを求めて名古屋へ

　サウナの中に付いているテレビ、あれが本当に邪魔だった。

　僕はサウナの中では一人で静かにいろいろ考えごとをしたり自分の身体感覚に集中したりしたいのだけど、テレビがついているとそれができない。

　画面を見ないでいようとしても耳から強制的に、政治家の汚職や芸能人の不倫や野球賭博や殺人事件や茶番臭い健康食品のコマーシャルなどの、知ったところで自分の人生になんらよい影響を与えないようなまるでどうでもいい情報が入ってきてしまう。どうしても注意力がテレビの音声に奪われてしまって自分の中にうまく潜れないのだ。

　せめて電車内で映されるテレビみたいに音声を出さずに字幕にしてくれたら見たい人は見て見たくない人は見ないという風にできるのだけど、あまりそうはなっていない。

サウナの本場フィンランドには「サウナに入るときは教会に入る気持ちで」という言葉があるらしい。

フィンランドのサウナは森の中の小さな小屋に作られていて、中は薄暗くひたすら静かで、木の良い匂いが漂っていて、自分自身を見つめなおすのにちょうどいい空間らしいのだ。

うらやましい。僕もフィンランドのサウナで自分を見つめなおしたい。ただ、フィンランドではサウナのあとは水風呂の代わりに氷の張った湖に入るらしくて、それは心臓が止まりそうなので嫌だけど。

テレビのないサウナは一体どこにあるんだ。東京で5、6軒くらいのサウナを巡ってみたのだけど、残念なことにどのサウナにも例外なくテレビがあった。

どうやら日本のサウナのテレビというのは、あるのが当たり前で、ないと、

「なんだここテレビないのかよつまんねーな」

「テレビがないと退屈でしかたないじゃないか」

と客に文句を言われてしまうようなものらしい。うーむ……。

サウナ以外においても、旅で宿に泊まるたび、日本は本当にどこにでもテレビがあ

るなと思う。

どんな狭いビジネスホテルの部屋にも几帳面《きちょうめん》にテレビが設置されている。テレビはなくていいからその分宿代を２００円くらい安くしてほしいといつも思うのだけど、そういうプランはない。

ドヤと呼ばれる１５００円くらいで泊まれる安宿でも、部屋の広さは3畳くらいと異常に狭いにもかかわらずちゃんとテレビが設置されている。カプセルホテルのカプセルの中にも寝転びながら見られるように一台一台小さいテレビが埋め込まれている。日本人は本当にテレビが好きなんだな……。

昔は他に娯楽がなかったからしかたなかったかもしれないけど、自分の家にテレビがないから街頭テレビに人が集まっていた時代でもあるまいに、そんなに宿泊先でまでテレビが必要だろうか。今の時代はテレビを置くよりスマホを自由に使えるようにＷｉ－Ｆｉを無料で使わせてくれたほうがありがたいと思うのだけど。

これはもう、あそこまで行くしかないのか。名古屋まで。

僕がサウナにハマるきっかけとなった『マンガ　サ道』という漫画の中で、名古屋のウェルビーというサウナがテレビがなくて落ち着けてとても良いサウナとして紹介されていたのだ。

というわけで、理想のサウナ体験を求めて名古屋まで行ってみることにした。

今回の旅は「だらだらと高速バスで移動して、明るいうちからサウナにチェックインして、サウナの中でもひたすらだらだらする」という完全に僕好みのプランだ。

1日目の昼前に東京駅から高速バスに乗って、夕方頃に名古屋に到着。そのままサウナにチェックインして宿泊。

2日目はチェックアウト時間ぎりぎりの昼12時までサウナで過ごして、昼過ぎにまた高速バスに乗り、東京に夜頃到着。

時間の配分としては、5時間高速バスに乗り、18時間サウナに滞在して、また5時間高速バスに乗って帰るという感じだ。

18時間あれば、途中に睡眠を挟みながらサウナを3回くらい楽しめるだろう。

他の人がこの旅行プランを聞いてやってみたいと思うのかどうかわからないけれど、僕にとっては昼行便の高速バスによる長距離移動とサウナでの宿泊という自分の好きなものばかりを詰め込んだ超魅力的な旅だ。

費用は、東京—名古屋間のバスが片道３０００円で往復６０００円。サウナのカプセルホテルの宿泊が朝食バイキング付きで４０００円。合計１万円の弾丸極楽ツアーだ。

予定通り昼前に東京駅から高速バスに乗り込む。片道５時間の高速バスの道のりは本を読んだりゲームをしたりしているとあっという間に着く。

バスを降りると夕方の名古屋だ。「東京よりも空が広いな。道が広いからか」とか思いつつも、すぐに目的のサウナ、ウェルビー栄店にチェックインして館内着に着替え、とりあえず館内を探索する。

館内の設備はとても充実していた。

リクライニングソファがたくさん並んだ休憩室は広々としていて、漫画は１万冊もあって読み放題だ。

ごろごろできる休憩室以外にも、パソコンが一台一台置いてあるネットカフェのようなブースがたくさんあってこれも自由に使える。他にもレストラン、マッサージ、理髪店、麻雀《マージャン》室などもある。

タオルが使い放題なのとか麦茶が飲み放題なのも嬉《うれ》しい。

ううむ、楽園のようだ。東京のサウナよりも全然いい……。こんなに求めるもの全てがあっていいのだろうか。

前に名古屋に来たときは名古屋駅近くのネットカフェに泊まったのだけど、そこも東京のネットカフェよりかなりサービスがよかった。ブースも広いしブランケットも貸してくれるしソフトクリームも食べ放題だしWi‐Fiも自由に使えた。それで2000円くらいで一晩泊まれたので、これだったら別にホテルに泊まらなくてもネットカフェで全然いいのでは、と思った。

他にも名古屋といえば喫茶店のモーニングサービスが豪華なので有名だけど、喫茶店、ネットカフェ、サウナ、このあたりのサービスが過剰なくらい充実しているのは何か雰囲気が共通している気がする。名古屋にはそういう店のサービスにこだわる文化があるのだろうか。

館内を見回すと、空間が広いわりに人が少なくて快適で過ごしやすい。だけどそれは名古屋に限らず、東京以外の地方都市に行くと毎回感じることでもある。

地方では大体なんでも、値段は東京と同じか少し安いくらいで、部屋や敷地は2倍くらい広くて、お客さんの数は2分の1くらいだったりする。結果として、東京より地方のほうが同じ値段での快適度が3倍から4倍くらいある。

スーパー銭湯やサウナもそうだし、公園や美術館やショッピングモールなど大体なんの施設に行ってもそんな感じだ。

東京にはなんでもあるし、東京にもいい場所はたくさんあるのだけど、いかんせん人が多すぎる……。

東京の満員電車は地獄だし、保育園も満杯でみんな苦労しているし、やっぱり東京の人の過密さはちょっと異常で、この名古屋くらいの人の密度のほうが普通だよなと思う。

それとも僕が地方（関西）出身だからそう感じるだけで、東京出身の人は「東京くらいが普通っしょ、大阪とか名古屋は人少なくてしょぼくね？」とか思うのだろうか。

人口一極集中の弊害や、人口減少により衰退する地方の問題、高齢化が進む日本の行く末など考えるべきことは多いけれど、考えていてもしかたないのでとりあえずサウナに入ることにする。

ウェルビー栄店には2種類のサウナがある。

メインの大きいサウナ（テレビあり）と、小さな「森のサウナ」（テレビなし）があるので、とりあえず森のサウナに入ることにする。念願のテレビのないサウナだ。

森のサウナはそれほど大きくないけれど人はおらず貸切状態だった。やはりテレビのあるサウナのほうが人気でそちらに人が集まっているようだ。

サウナ室の中はほのかに森っぽい香りがしてよい感じだ。

部屋の隅にはヴィヒタも置いてある。ヴィヒタというのは葉っぱの付いた白樺の枝で、サウナ内で体を叩《たた》いて刺激すると血行がよくなったりして体にいいらしい。

ヴィヒタを鼻に近づけると木のよい香りがする。

試しにヴィヒタで体をぺしぺし叩いてみたけれど、あまり気持ちいいかどうかよくわからなかった。使い方は合っているのだろうか。濡《ぬ》れた葉っぱが体にたくさんくっついて剝《は》がすのが少し面倒臭い。まあいいや、ヴィヒタはちょっと置いておこう。

誰もいなくて余計な音も流れてこないサウナの中で目を閉じて、ひたすら皮膚を熱せられながら自分の中に潜っていろんなことを考える。そうそう、僕はずっとこういうことがしたかったのだ……。

何かを考えると言っても別に高度に哲学的なことを考えたりするわけじゃない。

「最近暴飲暴食気味だよなあ……少し生活をちゃんとしよう……」

「たまには健康診断とか受けたほうがいいかな……」

「これからどんな風に人生を送っていこうか……まあなるようになるか……いやそんなんで本当にいいのか……」

「こないだ人と会ったときの自分の態度は雑でよくなかったな……もっと相手をしっかりと見ないといけない……」

みたいな、わりと些細な自省みたいなことばかりなのだけど、そういう内向的な思考をひたすらしている時間が僕は好きだ。

普段の暮らしの中ではいろいろなものに追われてなかなかゆっくり落ち着いて考えることができないから、こんな風に雑音なく考えごとができる空間は貴重だ。

サウナを10分くらいで切り上げて、汗を流してから水風呂に入る。

水風呂はサウナに入り始めた頃はすごく苦手で、毎回高層ビルから飛び降りるような覚悟で入っていたのだけど、サウナに通っているうちにだんだん慣れてきてわりと普通に入れるようになった。

それでもやっぱり入るときはソロリソロリとできるだけ波を立てないように入るし、入る瞬間は「ヴァッ」って声が今でも出てしまうし、水風呂の中ではできるだけ動かないようにガチガチに静止しているのだけど。

サウナで他のお客さんを見ていると、バッシャーンと水飛沫《しぶき》を上げながら乱暴に水風呂に入って、そのまま頭のてっぺんまで潜ってからヌボッと浮上してくるという、トドやセイウチなどの海獣めいたおっさんがたくさんいるのだけど、まだまだその域には到達できそうにない。僕もそのうちあんな風に豪快に水風呂を楽しめるおっさんになれるのだろうか。

水風呂は、サウナ室で熱せられた全身の皮膚の血管が、冷たさでキュッと締まるくらいまで入るのがコツだ。そんなに長く入る必要はなくて1、2分でいい。

十分に全身の皮膚が冷えた感じを確認したら、水風呂を出て、プラスチックの寝椅子に寝転がる。

しばらくすると、水風呂でキュッと締まった血管が少しずつ開いてきて、ふたたび全身に血が流れ始めるのがわかる。それと同時にだんだん体が重くなってきて寝椅子にめり込むような感じがしてくる。来た。サウナトランスだ。重くてだるくて気持ちいい。全身が宇宙に飛び立っていく。そうだ、これがしたかったのだ。わざわざ何百キロも移動して名古屋まで来た甲斐があった……。

しばらくそのままぼーっと寝転がっていると、「サウナ室でロウリュが始まります」という館内放送があったので、もう一度サウナに行ってみることにする。

ロウリュというのはサウナの中で熱せられているサウナストーンに水をかけて、熱い水蒸気を発生させることだ。

背中に大きく「熱波」と書いたTシャツを着たスタッフの人がサウナ室に入ってきて、こう言った。

「それではただいまよりロウリュを始めさせていただきます……」

スタッフの人がアロマオイルを混ぜた水を熱せられたサウナストーンにかけると、ジュワーッという音とともに良い香りの蒸気が室内に広がっていく。

「フィンランドではこの蒸気に森の神が宿っていると考えられています……」

このロウリュというのは想像以上にすごく熱い。逃げ出したくなるくらい熱い。熱すぎて痛みを感じるほどだ。でも熱くて苦しいのだけど、その分汗が一気に噴き出る。

僕はサウナに通うようになって最近ではだいぶサウナの熱さに慣れてきたけれど、最初の頃はほんの30秒サウナ室にいるだけでもすごくつらかった。ロウリュを受けると、初めてサウナに入ったときのつらかった気持ちを思い出すことができる。

「それではただいまより熱波のほうを送らせていただきます……」

スタッフの人が大きなタオルをバサッバサッと振って、一人一人に風を送っていく。これはアウフグースと呼ばれている。

タオルであおがれると、耐え難いくらいの熱波が全身を焼いて、肌が痛い。つらい。でも、汗がブワッとたくさん出て気持ちいいような気もする。

あおいでいるうちにスタッフの人も汗だくになっている。この熱い空間でずっとタオルを振り回し続けているので無理もない。

「それではこれでロウリュを終了させていただきます……」

お客さん全員を2回ずつあおぎ終わったスタッフの人がそう言うと、誰からともなく拍手が起こり、いつの間にか全員が拍手をしていた。閉め切られたサウナ室に裸の男たちが手を叩く音だけが響き渡る。そこにはなんだか不思議な一体感があった。

ロウリュで思い切り汗をかいたあとは水風呂できっちりと体を冷やして、今度は館内着を着て休憩室のリクライニングチェアでもう一度サウナ後の浮遊感を楽しむ。

ふわふわした感じが醒めてきたら休憩室に置いてある漫画を読みながらごろごろして、しばらくするとおなかが空いてきたので、サウナの食堂で名古屋名物のあんかけスパゲティを食べた。

そしてまたちょっとごろごろしたあと、他にすることもないのでサウナに入る。サウナから出て、休憩室の漫画も読み飽きて眠くなってきたらカプセルの中で眠る。朝目覚めたらぬるめのお風呂にゆっくりと入って目を覚まし、朝食バイキングを食べ、チェックアウトの時間まではまたサウナに入ったり漫画を読んだりして過ごす。

なんという楽園だろう……。

1泊で帰るのがもったいない感じだ。ここに永遠に住めるんじゃないだろうか。なんだか体が軽い。半年分くらいの疲れが全部リセットされたような気がする。

また人生に疲れたら、サウナに入りに名古屋に来よう。半年に一度くらい。

そう思いながら正午にサウナをチェックアウトして、また高速バスに乗り込んで名古屋をあとにした。

その後、サウナ通いを続けているうちに、東京や横浜にもテレビのないサウナ施設がいくつかあることがわかった。

じゃあもう名古屋にまで行く必要はないかというと、やっぱり名古屋のサウナの充実ぶりは素晴らしかったので、またときどき行くようにしたい。

あと、サウナに通う生活を半年ほど続けた今では「まあ、サウナにテレビがあってもいいかな」という気にも少しなってきた。

多分サウナに行き始めた頃は一種の求道《ぐどう》感があって「もっとこのサウナトランス状態を深く追求したい」みたいな感じだったのだけど、だんだん慣れてきてサウナが自分の中で日常化してくるにつれて、「それほど遠くまで飛べなくてもそこそこ気持ちよければいいか」みたいに意識が変化してきたのだと思う。

テレビがあってもよいかなと思ったきっかけの一つとして、東京の繁華街のサウナに行ったときの体験もある。

そこはサウナ室にテレビがなくてヒーリングミュージックが薄く流れているのだけど、混雑する時間帯でもあったせいか、それほど広くないサウナにかなりぎゅうぎゅう詰めに裸の男性が詰まっていたのだ。

テレビがあるとみんな視線がそちらに向かうので、隣の人との距離が近くてもわりと耐えられるのだけど、テレビがないとつい周りを見てしまって他人の近さが気になってしまう。

あのときは「これはテレビがあったほうがいいかも」と思った。

そういえばテレビというのは、複数人が一つの空間にいるけれどあまり親しくないとか間がもたないとかいうときに便利なものだったな、ということを思い出した。

僕は普段はほとんどテレビを見ないのだけど、サウナに定期的に通うようになってから前よりもテレビを見る時間が増えて、若干世の中の動きについていけるようになった気がする。まあサウナにテレビがあるのもそんなに悪くないかもしれない。

僕がサウナのテレビで流れていて一番合っていると思うのは相撲だ。

とりあえず一試合が短いのがいい。

そして何より、テレビの画面の向こう側では裸の力士たちがぶつかり合っていて、テレビのこちら側のサウナでも裸のおっさんたちが並んで汗をかいている。その、裸・男・汗の三重奏によって、テレビの向こうとこちらがつながっているような妙な一体感が得られて、すごくよいのだ。

文庫版追記：その後、別の機会にウェルビーの今池店に行ったのだけど、そこにあった「からふろ」という茶室のような感じの一人用サウナが静かに一人で考えにふけるのにもってこいで最高だった。ウェルビーが家の近所にあったらいいのにな……。

こうやって歩く（世界・町内・体内）

感情が不安定なときはいつも外を歩くようにしている。

家の中で一人でものを考えているとネガティブな方向にしか行かないようなときでも、家から出て外の空気を吸うだけで少しだけ思考がマシになる。心がどんより曇ってきたときにシームレスに外出ができるかどうかが精神状態をかなり左右するので僕はできるだけ1階に住むようにしている。

頭の中に鉛が詰まったような気分でも、それとは関係なく体は動くし、足を前に踏み出す動作を交互に行えば少しずつ視界に映る映像が変わっていく。地面を踏むたびに一定のリズムで体に伝わってくる振動は精神を少し落ち着かせてくれるような気がする。動くことで体がほぐれるとそれに連動して頭の中もほぐれてきたりするのだろうか。

ずっと部屋にこもってパソコンのモニタを見続けていると、久しぶりに外に出て遠くを見たときに「このゲームはなんて解像度が高いんだろう」と感動する。「こんなに大勢の人や車が動いているのに処理落ちしないなんて、なんてハイスペックなマシンなんだ」とか思ったりする。そんなどうでもいいことを考えながらひたすら1時間くらい歩くと少しだけ気分がマシになっている（ならないときもある）。

何かアイデアに詰まったときにも歩く。

腕を組んで机に向かっているだけでは解決策が見えなかったようなことでも、なんとなく歩きながらぼんやりと考えていると、固まってほどけなくなった思考のもつれが歩くことによる振動でだんだんゆるんでくるのか、もつれをほぐすきっかけの糸口が見えてきたりする。洗濯機の渦の中に放り込まれた糸くずが自然にまとまって塊になるように、歩行で脳を揺さぶっているうちに漠然とあちこちに浮かんでいたアイデアの断片がだんだんと集合して形を成してくる。

京都に「哲学の道」という小さな川沿いの雰囲気のよい道があるのだけど、その道の名前の由来は哲学者の西田幾多郎らがよくその道を歩きながら思索をしていたかららしい。

歩くことには何か考えを促進するものがあるのだろう。体が止まった状態で考えるよりも体を動かして意識に流れを作ってやったほうがポッとよい発想が湧いてくる。僕はじっとしているときよりもなんとなく歩いているときや風呂に入っているときによいアイデアを思いつくことが多い。

というか、別に情緒不安定なときや考えに詰まったときでなくても、普段から毎日一定の時間を歩いている。暇だと特に理由もなく1時間くらい歩く。多分歩くのが好きなんだろう。

外をふらふら歩くことが生活の中心としてあるので、思うように歩けないときは不調になる。外を歩くのがためらわれるような寒い冬や暑い夏や雨の日は大体調子が悪い。

「散歩が好き」と言うとそれだけではあまりにも退屈そうな趣味のように思われるのか、「近所にいい散歩コースでもあるんですか」などと聞かれたりするけれど、別にそんなものはなくて家の近くの普通の住宅地をただ歩いているだけだ。

でも、結構どんな道でも歩いていると楽しいものだし、歩くたびになんらかの発見がある。

古い家、新しい家、道端の鉢植えの花、崩れ落ちそうなアパート、工事中の新築の家がだんだんできていく様子、古びた中華料理屋、夜中にそびえ立つ中学校の校舎、自動販売機のボタンが一定の法則で点滅するところ、犬の散歩をする人、道を横切る猫、警官に問い詰められている人、電動自転車に乗る人、など、見知った道でも時間帯や季節や自分の精神状態によって見えるものは毎回変わる。

人間の視界は意外と狭くて、わりといろいろなものを見落としながら生きている。何年も住んでいる場所でも、普段入らない路地になんとなく入るとこんな場所があったのかという気づきがあったりする。

普段立ち止まらない場所で立ち止まってみたり、普段上を見ないところで上を見てみたりするだけで新しい世界が見えてくるので楽しい。

近所を歩くだけでいろいろな気づきがあるということを普段から感じていると、「新しいものを見たいとしても別に遠くに行く必要はない」とよく思う。

遠くまで海外旅行をしたとしても、物を見る姿勢に新しさがなければガイドブックに載っている情報をなぞるだけで何も新しい気づきを得ずに終わるだろう。

逆に、細かい場所に面白さや新しさを見出せる視点さえあれば、家の近所を散歩しているだけでも毎日新たな発見がある。既知と思っていることの中にもいくらでも未知は隠れているものだ。

僕は大体いつも一人で歩くことが多いけど、ときどき誰か他人と歩くのもよい。一人で歩くときとはペースや視線の動かし方も変わってくるし、他人は自分が普段見ていないようなものを見ていたりするし、一人で歩いているのとはまた別の気づきがあることが多い。


ただ普通に歩くのが退屈なときはイヤフォンで音楽を聴きながら歩くとはかどる。曲のBPMに合わせて歩くのも楽しいし、BPMと少しずらして歩くのもポリリズムが生まれるので楽しい。

15分くらい歩いていると股関節のあたりの筋肉がほぐれてきて、体幹の芯のほうから足を前に出せるような感じがしてくる。そのあたりからが本番で、そのあと30分くらいは楽しく地面を踏んでいける。

普通に歩くのに飽きてきたら、歩き方をちょっと変えてみたりもする。ずっと同じ歩き方をしていると使う筋肉が固定されてしまうので、歩き方を変えることで普段使わない筋肉を刺激するようにする。

足脚腰背肩首腕手、歩くときに使う全ての筋肉や関節を一つ一つ意識してみる。そうすると人間の体には思った以上にいろんな筋肉や関節があるということに気づく。普段使わない筋肉を意識して使うようにしながら歩くと、歩いてるだけでマッサージをされてるみたいに体がほぐれていって気持ちいい。

変わった歩き方の例としては、以下のようなことをイメージしながら歩いたりする。

- 地面がすごくねばねばしていて靴の裏が地面にくっつくのを剥がしながら進んでいるイメージで歩く
- 頭のてっぺんから糸が出ていてその糸で天から吊《つ》られているのをイメージしながら歩く
- 地面から湧き出してくる妖怪を聖なる靴の裏で一歩一歩踏みしめて鎮めていくイメージで歩く

・右手と右足を同時に前に出して左手と左足を同時に前に出して歩く
・普通の3分の1くらいのスピードで体をゆっくり動かして歩く
・肩甲骨をグリグリ回して背中の筋肉をミシミシほぐしながら歩く

体の細かい感覚を意識しながらこんな風にいろんな歩き方をすると楽しいんだけど、周りから不審者として見られる可能性があるので人の少ない夜中にやるのがいいかもしれない。

他には履き物によっても歩き方や使う筋肉が変わってくるのでときどき変えるようにしている。僕は飽きないように以下の履き物をローテーションしている。

・普通の靴
・クロックスっぽいサンダル
・かかとをベルトで固定するタイプのサンダル
・足の裏のツボを刺激する健康サンダル

先ほど、海外旅行なんてしなくても近所の町内でも知らない場所はたくさんあると書いたけれど、それはさらに狭い範囲でも言えるかもしれない。

つまり、町内まで行かなくても自分の体内でも知らない場所はたくさんある、ということだ。

一番身近な自分の体でも普段なんとなく見過ごしている部分は結構多い。

以前、体の使い方について書かれた本を読んで気づきがあったのは、スポーツなどをやらない多くの人は、腕は肩で肋骨《ろっこつ》につながっていると思っているけれど、そうではないということだ。

実際は腕の骨というのは、胴体につながっているのは鎖骨の部分だけなのだ。首の下あたりで肋骨と鎖骨がつながっていて、その鎖骨に肩の骨がつながっている。だから鎖骨が折れると腕を上げることができなくなる。背中にある肩甲骨も肩の骨とつながっているけれど、これは肋骨には接続していなくて筋肉に包まれて浮いているだけだ。

自分の体がそんな風になっているとは意識したことがなかったので、初めて知ったときはびっくりした。そうした構造を知って意識するだけで、体の動きというのは変わってくるものらしい。

体には他にもまだまだ「こんな骨があったのか」「こんな仕組みになっているのか」という部分があるのだろう。知っているようで知らないことはまだまだ多い。

そうした普段見過ごしがちな体の部分を一つ一つ探検して、曲げたり伸ばしたりしているだけで新しい気づきがあって毎日暇が潰せそうだ。ヨガとかやってる人はそういうことをずっとしているのかもしれない。

目の位置を少し変えるだけでどんな場所にも楽しみは見出せるものだし、どんな問題でも解決する糸口は見つかるものだ。そんなことを考えながら今日もまた散歩に行ってこようと思う。

どこにでもあるような街に行きたい

ときどきふらっと意味もなく電車に乗って、なんの用もない駅で降りてみるということをする。

特にその場所で何をするわけでもない。駅の周りを歩き回ったり、本屋で新刊の棚を眺めたり、100円ショップで日用品を買ったり、安いチェーン系のカフェでお茶でも飲んだりして、飽きてきたらまた電車に乗って帰る。なぜだかときどきそういうことがしたくなるのだ。

僕がそういうことをするのは、地図や路線図を見るのが好きだからかもしれない。地図や路線図を眺めながら、「このへんの人は大体このルートで通勤して、買い物するときはこの駅まで出るのだろう」とか、行ったことのない土地での人の生活を想像するのが楽しいのだ。

どこかに出かけたくなったときは、スマホのアプリで路線図を見て、降りたことのない駅や行ったことのないエリアに目星を付ける。そして現地に着いたら、駅の周りを歩き回って、この街はこういう風景なんだなというのを把握する。それは自分の脳内の日本地図を少しずつ埋めていく作業だ。

地図や写真やストリートビューを見ているだけではやっぱりその場所に今一つ実感が持てない。一度現地に行っておけば、次から地図を眺めるたびにそこの風景を思い浮かべられる。多くの場所に行けば行くほど、地図を眺めたときに湧いてくるイメージが多くなって、より地図を楽しめるようになる。

そもそも、全ての場所に対して平等な地図というものは存在しない。

日本人が使う世界地図は日本が真ん中にあるものだけど、ヨーロッパが中央にある地図で見ると日本は東の果ての小さな島に過ぎない。

地図というものは必ず中心を持つ。そしてメルカトル図法で実際よりも巨大に描かれるグリーンランドのように、中心から外れた辺境ほどその描写は実物とはかけ離れて歪《ゆが》んでいく。

鉄道の路線図でも同じだ。都市全域の路線図を見ると、都心部はわりと実際の地形に沿って正確に描かれているけれど、端に行くにしたがってだんだん形が歪んでいく。実際に鉄道の駅に行ってそこにある路線図を見てみると、その駅やその路線を中心にした図が描かれているはずだ。その図こそがその駅や路線を使って生活をしている人の実感に近いものなんだけど、その視点はその駅や路線を使わない人には見えにくい。

その場所に実際に行ってみないとわからない地理感覚がある。だから知らない土地に行くのは、そこに特別な何かがなかったとしても面白いのだ。

電車を降りたらまず駅前にある地図を見て、「東口より西口のほうが栄えてそうだな」などと、街の構造を想像する。

そして歩き回る。知らない街の知らない駅前や知らない商店街を用もなく歩くのは楽しい。

「飲み屋街はこのへんで、買い物をするならこのへんか」とか、「この駅から1キロくらい離れた別の路線の駅までゆるく店が続いているんだな」とか、そんなことを確認しながらゆっくりと歩く。

大抵の街はパターン化ができる。これはベッドタウン、これは下町、これはちょっといい住宅地、これはニュータウン、これは繁華街、これはオフィス街、という風に。駅の周りを歩いて「この街はこういうタイプの街だな」というのを把握できるととりあえず安心する。

どんなタイプの街にもそれぞれ違った楽しさがあるものだ。

スーツを着ている人間しかいないようなオフィス街の喫茶店にふらっと入るのが好きだ。周りがみんな仕事の話をしている中で、一人で安い飲み物をすすりながらスマホのゲームを黙々と遊んだりするのは楽しい。

人の少ない昼間の飲み屋街をぶらつくのが好きだ。夜は酔っぱらいや客引きがたくさんいてうっとうしいので近づきたくないエリアだけど、昼は静かでカラスくらいしかいないので落ち着いて歩くことができる。

一日では回りきれないほどたくさんの店が入った広大なショッピングモールの中を歩くのが好きだ。「ここに来れば揃わないものはないな」と思うと同時に、「でも特に欲しいものはないな」とも思い、結局何も買わずに帰ったりする。

ふらっと電車で行ける範囲を訪れるだけではなく、遠出をすることもある。高速バスで何時間かかけて、特に用もない地方都市に行って、漫画喫茶やサウナやビジネスホテルに泊まったりする。

そのときもすることといえば、足が痛くなるまで街を歩き回って、ここが市役所で、ここが県庁か。川はこんな風に街を区切っていて、ここが城跡か。このあたりにオフィス街が集まっていて、繁華街はこのあたりにある。ここで仕事をした人がここで酒を飲んで、休日はここに家族連れが集まるんだな。このへんの人たちは夏はこのあたりに行楽に出かけて、新年はこの神社にお参りに行くんだろう。という風な、その地域の構造を確認するだけだ。

ただそれだけの旅行を年に何回かする。

知らない街の駅前の商業ビルを見て、知っているチェーン店ばかりがあるとほっとする。その街ならではの特色などはないほうがいい。どこにでもある店ばかりがあってほしい。

どこにでもあるような店ばかりがある、どこにでもあるような街で、みんなこの店で日用品を買って、中高生はこのあたりの店をたまり場にしている、という風な、その土地の人間の行動パターンを推測するのが好きなのだ。

チェーン店が日本中に広がってそれぞれの地域の特色がなくなるのを嘆く人もいるけれど、僕は別に悪いことじゃないと思う。そもそも僕はコンビニやファストフードが並んでいる風景が好きだからだろうけど。

ふらふらと歩きながら、僕は次のようなものを見る。

見慣れたコンビニ、見慣れた牛丼屋、聞いたことのない信用金庫、賑《にぎ》わっているパチンコ屋、

郵便局と靴屋、進学塾と介護センター、自転車屋とパン工場、でっかいイオンと共産党のポスター、

威勢のいいガソリンスタンドの店員、風にはためく「クリーニング」の青いのぼり、歩道の端に置かれた植木鉢の観葉植物の緑、ファミレスの駐車場に停められている赤い車、

骨組みだけが完成した状態の木造一戸建て、白いコートを着て足早に歩く女の子、商品が勢いよく路上にはみ出しているスーパーと、そこに集まる人たち、カフェの前に何台も並んだ電動自転車、不動産屋の前の物件の貼り紙を熱心に眺める男女、

原色で塗られた公園の遊具、人が全くいない休憩用ベンチ、他より10円だけ安い自動販売機、視界に不意に飛び込んでくるガスタンク、「宇都宮　104km」という標識、

白くて大きな総合病院、小さな川にかかっている小さな橋、どこまでも低い空を這《は》って続いていく高圧電線、空き地に放置されている大量のタイヤ、壁際に積み重ねられた室外機、

そういった知らない街のなんでもない風景を、なんとなく歩きながら眺めるのが好きだ。

僕が旅行で一番好きな瞬間は、旅の終わりに家に帰る途中、バスや電車の車窓からどこにでもあるような街の風景を見て、

「ここには何千何万の家庭があるけれど、みんな僕とは関わりなく、これまでもこれからもそれぞれの人生を送っていくんだな」

という、少し寂しいような、すがすがしいような気持ちになるときかもしれない。

子供の頃、自分が見ていないときも世界が普通に動いているということに不思議さ

を感じていたけれど、それに近い感覚だ。この世界は自分だけのためにあるものではなく、一人ひとりがそれぞれ自分の世界の中心として生きているのだ。

僕がどこにでもあるような街を見るのが好きな理由は、多分確認して安心したいのだ。どこにも特別な場所なんてないということを。

日常というのは平凡で退屈で閉塞感だらけのつまらないものだけど、つまらないのは自分だけじゃない。みんな自分と同じように、このシケた現実の中のシケた現実の街で暮らしている。それしかないのだ。よかった。自分だけじゃないんだ。

旅をすると一瞬だけ日常から解き放たれたという解放感があるけれど、その気分は瞬間的な幻想で長続きはしない。旅だってずっと続けていると日常に変化してしまう。

結局は、旅で少しの非日常を体験しつつ、どこにもユートピアなんてないんだということを確認して、また日常に戻って、「やっぱりうちが一番落ち着くわー」とか言うしかないのだ。それを繰り返していくしかない。

ただ、旅で一瞬だけ味わうことができる非日常のきらめきや、知らない街を歩いているときのワクワク感、旅からそういった気分を持ち帰ることで、また平凡な日常を少しだけやっていくことができる。そのために旅というものはあるのだろう。

知らない街のカフェでぼーっと座っている僕の隣のテーブルでは、夫婦2人と子供2人の家族連れがおしゃべりをしている。

「今日、ごはん何にしよっか」

と母親が言うのだけど、誰も特にアイデアがないようだ。

僕も今晩、そして明日、何を食べればいいだろうか。何も思いつかない。まあ適当にやるしかない。そろそろ、僕もまた自分の日常に戻らないといけない。だるいけど。

II

チェーン店があれば
生きていける

チェーン店以外に行くのが怖い

シェアハウスに住んでいると言うと、「社交的なんですね」などと言われることがあるのだけど、それは全く間違っている。

僕は人間の様子を一方的に見ているのは好きだけど、人間と会話をするのはあまり好きじゃない。会話や集まりが苦手だから、能動的にコミュニケーションをしなくてもなんとなく周りに人間がいるという仕組みを作りたくて、それでシェアハウスをやっているのだ。

人間と会話をするときは、こちらも人間のふりをしなければいけない。人間のふりというのはつまり、体を起こして表情筋を動かして、「へー、そうなんですね」などと相槌《あいづち》を打って、相手に興味を持つふりをする、といった一連の動作のことだ。

僕も頑張ればなんとか1時間くらいは人間のふりをして会話を楽しむことができる

のだけど、1時間を超えると頭が真っ白になって麻痺してきて、今すぐ地面に体を投げ出して死んだような目で口を半開きにしながら全身で蠕動《ぜんどう》運動を繰り広げたい、というようなことばかり考えるようになる。

コミュニケーションでも文字によるもの（チャットやメールなど）ならまだ比較的負担が少ないのだけど、音声による会話は消耗が激しい。いちいち口を開いたり閉じたり舌を動かしたり、声帯を震わせて声を出したり鼓膜の振動の意味を解釈したりするのが、面倒臭くてしかたない。人間はなんでこんな伝達手段を生み出したのだろうか。

そんな感じなので日常ではできるだけ会話を避けるように生活をしている。シェアハウスにはいろんな人間が出入りするのだけど、あまり会話はしない。話さざるを得ないときは、何を言われても「へー」とか「ほー」とか「いいですね」とかひたすら言っていると、そのうち会話が終わる。

一人で外をふらふら散歩しながらぼんやりしているときが自分の中で一番楽しい時間だ。でもそんな散歩の最中に知り合いを見かけると反射的に隠れてしまう。前もって会話エネルギーを用意していないときに他人と会話すると特に消耗が激しいからだ。

会話という行為自体が心理的負担で、発声するたびエネルギーを消耗する人間がいることを考慮せずに、突然話しかけてくる人間がこの世界には多すぎると思う。髪を切りながら話しかけてくる美容師と服屋で話しかけてくる店員のことは憎んでいる。あと突然玄関のチャイムを鳴らす営業マンや宗教の勧誘のことも。

店に行くときはチェーン店がいい。チェーン店の店員はマニュアル以外の余計なことを話さない。個人商店のおっさんのように「このへんに住んでるんですか」とか「最近よく来ますね」みたいな余計なことを言わない（そういうことを言われるともうその店には行かなくなる）。

チェーン店で働いているのは、マニュアルに沿って動くだけの、誰とでもすぐに入れ替わりが可能なアルバイトばかりだ。バイトなんてそれでいい。たかがバイトなんかに人間エネルギーを費やす必要はない。そして、そんな人間味を失った店員の前では自分も、社会性や愛嬌《あいきょう》を持った人間のふりをしなくても許されるような気がするから楽なのだ。

村田沙耶香《さやか》の小説『コンビニ人間』は、他人とのコミュニケーションの取り方が全くわからないという発達障害の傾向がありそうな女性が、マニュアルが完備されたコンビニの店員になることで他人の前でどのように振る舞えばいいかを学び、生まれて初めて「社会」の正常な部品である「人間」になれたと感じる、という話だ。

これを読んだとき、社会の中でみんなどうやって「まとも」に振る舞っているかが理解できないという主人公にまず共感したし、その主人公がマニュアルという規範の存在によって心が楽になるというのも頷《うなず》けるところだった。

そう、制服や挨拶、「いらっしゃいませ」や「ありがとうございました」や「こちら温めますか」などといった決まり文句、そういったマニュアルに定められた定型的行動は、生の人間と人間がむきだしのままで直接コミュニケーションをするという恐怖から僕らを救ってくれるのだ。だから僕はチェーン店が好きだ。

もっと欲を言えば、コンビニが全部セルフレジ方式になって今よりさらに店員との接触がなくなればよいなと思っているのだけど。

僕はコンビニで買い物をするとき、100円のものを一つだけ買うのを躊躇《ちゅうちょ》してしまう。そんな安い買い物一つのために店員さんの手や発声機能を煩わせるのは申し訳ない、そんなのは人間の仕事じゃない、とか思ってしまうからだ。そんなに気にしなくていいのかもしれないけれど……。そういうときは無理にもう一つくらい別に買うものを探したりする。レジが無人だったらそんな気遣いをしなくていいのだけど。

飲食店だと、先に会計を済ませるセルフサービス方式か、食券制のところがいい。あとで精算をする方式だと、食事をしたあとに店員と会話して会計をしなければいけないというタスクを残していることが、食事中ずっと軽い心理的負担として残り続ける。先会計だと、嫌なことは全て先に済ませてしまってる感があって気が楽だ。

後会計方式だけど、回転寿司は好きだ。発声しなくても自動的に食べ物が回ってくるからだ。一言も発さなくても目の前に流れてくるものを取り続けるだけで食事ができるというシステムは本当に素晴らしい。

僕は回転寿司でレーンに流れていないものを直接注文することはほとんどしない。発声するのがしんどいのもあるし、そもそも何を食べたいかを考えるのが面倒だというのもある。

発声するのと同じくらい、何かを選択するというのが僕は苦手なので、いつもお店で注文を決めるときに毎回すごく悩んでしまう。だけど回転寿司だと、なんの選択も決定もしないままで、とりあえず席に座ってしまえば自動的に食事が始まるのがよいのだ。そんな店は回転寿司しかない。

何も決めず、流れてくる皿たちをぼーっと眺めながら、気分次第で適当に食べたいものを拾っていく。

「これが食べたい！」という強い意志を持たなくても、なんとなく流れてくるものを見ていれば美味しそうなものは結構いろいろある。自分ではあまり頼まないものが流れてきて、「これもよさそうだな」とか思って食べてみるのも楽しい。

人生だってそんなもんじゃないだろうか。人は自分の生き方を全部自分で決めるわけじゃなくて、たまたまそのとき目の前に出てきたものに左右されて生きていくことが多い。でも多分、それでいいのだ。そうしたランダムさこそが人生の醍醐《だいご》味《み》なのだ。

最近すごく悩ましいのはサンドイッチチェーンのサブウェイのことだ。

サブウェイではサンドイッチを注文したあと、

「パンの種類を選ぶ」

「パンをトーストするかどうかを選ぶ」

「トッピングを加えるかどうかを選ぶ」
「野菜を増量するかどうかを選ぶ」
「ドレッシングの種類を選ぶ」

などの一連の選択を全て店員との口頭の会話で行わないといけない。これは会話が苦手な人間にとってはつらい。

決めるのが面倒な人向けに、「全ておまかせで」という注文も可能だ。でもその場合でも「この具材ですとパンの種類はハニーオーツがおすすめですがよろしいですか？」とか「苦手な野菜はありませんか？」といった質問にいちいち答えないといけないのが面倒臭い。正直、パンの種類とかどれでもいいから適当に確認せずに決めてほしい。

じゃあ行かなければいいという話なのだけど、サブウェイのサンドイッチは外食にしては野菜をたくさん摂取できるのでたまに食べたくなるのだ。しかし注文の面倒さが心理的なハードルになっている。

一言も発さずにタッチパネルをピッピッピッピッて押すだけで好きなサンドイッチが出てくるサブウェイがあったらめっちゃ行くのに。というか、世界中の飲食店が全部そんな感じのタッチパネル式になってほしい。食事のときくらいは人とのコミュニケーションから解放されたい。

牛丼ばかり食べていたい

小さい頃からなんでも「0か1か」で考えてしまって、「程度問題」というものがうまく理解できないところがあった。

例えば傘について。小学生くらいの頃、「雨が降っているときは傘をさせ」とみんな言うけれど、傘をさしてもズボンの裾や鞄《かばん》など体の一部が濡れることがあるのが納得できなかった。

「雨」という問題に対して自分は「傘をさす」という一般的・社会的・歴史的に正しいとされている解決法を取っているはずだ。それでも濡れる部分があるというのは何かおかしいんじゃないか。

これがゲームだったらこんなことはない。ゲームの中で自分が毒の状態になってしまったら、「毒消し草」というアイテムを使えば完璧に完全に治って何も問題がなくなることになっている。目が見えなくなったら「目薬」を使えば治るし、死んでしまったら蘇生《そせい》の呪文を唱えれば蘇る。それに比べてどうして現実はこんなにできが悪いのだろうか。この現実はクソゲーなんだろうか。

この傘と雨の問題については、だんだん成長するにつれて「傘には大きい傘と小さい傘があって、小さい傘は雨を防ぐ能力が低いので体の一部が濡れることがある」とか、「世の中には激しい雨というものがあって、激しい雨だと傘では全てを防げないことがある」というように、「大きさ」や「激しさ」といったファジーな概念を少しずつ理解するようになって、なんとか納得はした。だけど雨に感じていた理不尽さをまだ完全に拭いきれてないせいか、今でも雨の日に外に出るのはあまり好きじゃない。

傘よりももっと生きるために必須のものなのに、いまだによくわからないものがある。それは食事だ。

世間を見ると「こういう食生活はいけない」とか「これを食べると健康にいい」とか、みんなが本当にいろんなことを言っている。野菜をもっと食べなさいと言う人と、野菜しか食べないベジタリアンの人と、野菜を全く食べない偏食の人がそれぞれいて、みんなそれなりに健康そうにやっているように見える。どれを信じればいいのか全くわからない。

一体僕らは、毎日何をどれだけ食べればこの世界で正しく生きていけるのだろうか。

昔から食事のときに「大盛り」を頼む人というのがよくわからなかった。食事というのは「空腹」という不快なステータス異常を解消するために行うものだけど、並盛りでも大盛りでも空腹を解決するという点では効果が変わらないように思えたからだ。「カロリー」という概念を知ったとき、少しその答えがわかったような気がした。全ての食物はカロリーという値を持っていて、そして人間が一日に必要とするカロリーは決まっているらしいのだ。

そうか、大盛りを頼む人は、あとでカロリーが不足することを見越して必要カロリーをできるだけ多く一度の食事で摂ろうとしているのか。確かに、細かく分けて何度も食事をするよりもそちらのほうが効率的かもしれない。

食物について自分がまず把握した数値は値段とカロリーだった。そして、そうした観点から考えると、この日本社会では牛丼という食べ物が値段、カロリー、味、手間などさまざまな面から見てもっともコストパフォーマンスが良い最強の食物ではないか、と思うようになった。

一人暮らしを始めた最初の頃は、毎日1食は牛丼を食べるようにしていた。食べれば食べるほど自分が得をして正しいことをしているような感覚があったのだ。

思えば牛丼屋はいつも自分の人生の側《そば》にあった。

中学生の頃、一人で牛丼屋に入るとなんだか大人になったような気がした。

大学生の頃、徹夜麻雀明けの早朝にみんなで連れ立って牛丼を食べに行くのが楽しかった。

大人になってから、夕食は食べたけどだんだん小腹が空いてきて、深夜に背徳感とともに食べる牛丼は美味しかった。

牛丼屋に対して僕が持っている感情は「安心感」というのが一番近い。

24時間どんな時間に行っても開いているという心強さ。昼でも夜でも深夜でも早朝でも、どんな変な時間に行っても変わらぬ並盛りがサッと出てきてお腹を満たしてくれる。

注文するとすぐに出てきてササッと食べられるというのも心強い。一刻も早く何か食べないと精神が暴走しそうというときが僕にはたまにあるのだけど、そういうときでも牛丼屋があれば安心だ。

あと、どうも自分は、他人と一緒のときは別なのだけど、一人で食事をするときはできるだけ高速に食事を済ませたいと思っているところがある。なので、かきこんで食べられる丼ものは他の料理の5割増しくらいで好きかもしれない。

牛丼屋はどんな場所に行っても大体あるというのも頼もしい。知らない土地で見慣れた牛丼屋の看板を見つけたときの安心感。店に入らなくても牛丼屋がそこにあるだけで「これでいざというときも大丈夫だ」という気分になれる。

味も完成度が高くて、毎日食べても飽きないと思うし、そしてやっぱり何より魅力的なのはその安さだ。牛丼屋は僕が子供の頃から何十年もずっと安価な外食の象徴であり続けている。

安い価格と、満足感のあるカロリーと、クオリティの高い味。牛丼を食べてさえいれば、「自分はたくさんある選択肢の中からもっともコストパフォーマンスがいい食事を選んでいるのだ」とか「牛丼屋に通うことで自分はこのデフレ化する社会の最先端の現場を追いかけているのだ」という自信を持ち続けられていたのだ。

ただ、僕は毎日牛丼を食べるということに特に問題を感じていなかったのだけど、それは世間一般的には偏った食事と見なされるらしくて、「もうちょっと野菜とか食べたほうがいいよ」などといろんな人に注意されることも多かった。

確かに、調べてみると牛丼というのは世間で言うバランスの取れた食事から離れているらしい。

だけど、こんな風にも思う。誰もが認めるような正しい食事をしようとすると、あまりにも気にすることが多すぎて普通の人間には不可能じゃないだろうか。

曰く、野菜は一日に350グラム食べなければいけないとか、現代人は塩分を摂りすぎだとか、コレステロール摂取を控えないと生活習慣病になるとか、実は野菜ジュースはあまり栄養にならないらしいとか、アメリカ人はフライドポテトにケチャップをつけて「これは全部野菜でできてるからヘルシーだぜ」って言ってるとか、バターは体に悪いけどオリーブオイルは体によいとか、肉の脂はよくないけど魚の脂はよいとか、白米や白砂糖は毒だから玄米や黒糖を食べろとか、漢方では陰の食べ物と陽の食べ物があるのでバランスを取らないといけないとか、人工甘味料はカロリーゼロだけど体に悪いとか、カフェインの摂りすぎはよくないけどコーヒーに含まれるポリフェノールは体にいいとか、鬱を防ぐためにはセロトニンが多く含まれた食物を食べようとか、もうなんだか気にすることが多すぎて全てを守ることができない。

一体正しい食事というのはどこにあるのだろうか。世界にはこんなに多種多様な食物があふれかえって、あれも食えこれも食えと人類を誘惑してくるのに、その一方で食べることが正しいとされている食物というのはすごく限られている。こんな状況では何を食べるのが正しいのか全く判断できない。面倒臭いからもう、みんな毎日牛丼を食べていたらいいじゃないか。

そんな感じで若い頃は牛丼ばかり食べていたのだけど、30代半ばくらいからはそこまで牛丼至上主義ではなくなってきた。胃腸の消化能力やカロリーの代謝が下がってきたせいか、少し牛丼をヘビーに感じるようになってきたためだ。

それでも今でも週に一度くらいは牛丼屋に行っているけれど。相変わらず牛丼は安くて美味しいし食べると安心感がある。

今でもやっぱり食事については何を食べたらいいのかよくわからないままだ。「人間は自分の体に不足しているものを食べたいと感じるはずだから食べたいものを食べていればよい」という怪しい説を信じながら、適当に食べたいと思ったものを食べる毎日を送っているけれど。

毎食これを食べていれば栄養的に完璧だという「完全食」のようなものがコンビニで手軽に買えるようになって、毎日それを食べていれば完全に健康的な食生活を送ることができる、という世の中が早く来ないものだろうか。そうしたら何を食べればいいか考えなくてよくて楽になるのに。

カフェイン難民の昼と夜

睡眠薬を飲むようになったのは会社を辞めてからのことだった。

自分はもともと夜の寝付きが悪くて夜更かしをしがちな上に、寝起きも悪くて朝なかなか起きられない人間だった。それでも会社に勤めているときは「無理にでも毎朝起きなければいけない」という強制力が働いていたからそれほど生活は崩れなかったのだけど、会社を辞めた途端、夜更かしも朝寝坊も好きなだけできるようになってしまったため、どんどん睡眠リズムが一般的なものからかけ離れていった。

最初のうちは「好きなときに好きなだけ眠るのが無職の醍醐味だ」なんてうそぶきながら不規則な時間に眠る生活を楽しんでいた。「夜行性のほうが普通と違ってなんかカッコイイ」みたいな中二病的な思い込みもあったかもしれない。だけど、日が沈む頃に起きて日が昇る頃に眠るような昼夜逆転生活を続けていると、だんだん精神的にも体力的にもしんどさを感じるようになってきた。

夜しか起きていない生活だと昼間しか開いていない店には行けない。知り合いと会おうと思っても生活リズムが違いすぎて全く会えない。日の光を浴びないと気分も鬱々としてくる。そんなこんなで昼夜逆転生活にうんざりした結果、睡眠時間をちゃんとコントロールしたいと思うようになった。

毎朝起きなければいけない用事があれば生活リズムは保たれるだろう。だけど僕は朝起きるのがすごく苦手だし、そもそもそれが嫌で会社を辞めたのだ。じゃあ夜早く寝ればいいんだけど、寝付きが悪くてなかなか眠れなくて、ついついずっとネットなどを見続けてしまう。結局辿り着いたのは、ネットショップ経由で睡眠薬を個人輸入するという方法だった。

小さな箱に梱包されてシンガポールから届いた睡眠薬は僕にはよく効いて、眠れないときでも1錠飲んで30分ほど待てばスッと眠りに入ることができた。ずっと苦しんでいた精神的な悩みがこんな爪の先ほどの化学物質を脳に入れることであっさり解決するなんて、科学の力はすごい。文明は偉大だ。

そんな風にここ数年は睡眠薬のおかげで毎日一定の時間に眠れるようになってそれ

なりに安定した生活リズムで日々を過ごしていたのだけど、この間突然、その睡眠薬が輸入禁止になるというニュースが流れてきたのだった。やばい。これからどうやって眠ればいいんだ。また昼夜逆転の生活に戻るのか。

別にその薬は海外から輸入しないと手に入らないというレアなものや危険なものではない。普通に日本でも病院に行けば処方される平凡な薬だ。だけど定期的に通院するというのが僕はすごく苦手なので、病院に通って薬をもらい続けるのは多分無理だ。なんとかして薬なしでうまく眠れるようになるしかない。どうすればいいんだろう。そう思っていたときに、友人が「カフェインを一切摂らないようにしたらスムーズに眠れるようになった」と話しているのを聞いて、自分もカフェイン断ちを試してみようと思ったのだった。

僕はコーヒーとチョコレートが大好きだったのだけど、一切摂るのをやめた。ちょっとつらいがしかたない。お茶も、緑茶や紅茶や烏龍《ウーロン》茶はカフェインが入っているので、麦茶やハーブティー以外飲まないようにした。コーラもカフェインが入っているのでだめだ。そんな生活をしばらく続けてみた。

カフェインを抜いた効果は結構如実に現れた。

多分もともと僕はカフェインが効きやすい体質なのだろう。昔からコーヒーを2杯も飲むと心臓がバクバクして頭が覚醒しすぎて変な感じになってしまうのは自覚していた。寝付きが悪いのはカフェインの影響もあるかもしれないと薄々思いつつも、「夜にコーヒーを飲まなきゃ大丈夫だろう」とか「コーヒーじゃなくてお茶なら飲んでもいいだろう」と思っていたのだけど、見積もりが甘かったのだろう。

一番初めに気づいた効果は、心がなんだか穏やかになっているということだ。自覚していなかったけれど、カフェインを摂っていたときの自分はかすかな覚醒や焦燥がずっと頭蓋骨の裏側に貼り付いてチリチリとしているような感じで、なんかいつもずっと薄くイライラしていたような気がする。

カフェインを抜いて初めてそのことに気がついた。おお、あのイライラはカフェインのせいだったのか。てっきり自分が人間的に未熟なせいだとばかり思っていた（それもあるだろうけど）。

あと、今まで昼寝をするのが苦手で、寝不足だからちょっと昼寝をしたいというときも素だとうまく眠れなくていちいち睡眠薬を飲んでいたのだけど、カフェインを抜いたら昼寝がスッとできるようになったのにも感動した。これもカフェインのせいだったのか。自分が神経質すぎるせいだとばかり思っていた。

さらに、朝の目覚めが良くなった。以前は8時間か9時間眠らないと不快感が残ってたまらなかったのだけど、最近は6時間や7時間睡眠でもさほど気にならなくなった。これはカフェインを抜いたことで睡眠の質がよくなったせいだろうか。

あとなぜか、それまでたまに吸っていたタバコも、カフェインを抜いたら全く吸いたくなくなった。カフェインでイライラするのを抑えようとして今まで吸っていただけなのかもしれない。

カフェインを摂らなくなった今では、あんな刺激の強いアッパー系ドラッグをよくこれまで毎日摂取していたものだ、ちょっと効果に無自覚すぎた、と反省している。

今はまだ睡眠薬を飲むのはやめていない。買い置きしたストックが残っているし、カフェインをやめたことによる反動が少し落ち着くまでは薬の補助があったほうがいいと思ったからだ。でもこの調子ならしばらくしたら薬なしで眠れるようになるかもしれない。

ただ、カフェインを摂らなくなった副作用として一番深刻な問題は、外食をしたり喫茶店に行ったりするときに不便だということかもしれない。

この社会はカフェインであふれている。どこに行ってもコーヒーやお茶やコーラやチョコレートが提供される。ひょっとして、カフェインを与えて微妙にイライラしたせっかちな状態の人間を増やすことで誰か得をしている黒幕がいるのではないか、という陰謀論的な発想をしたくなるくらいだ。

街に出るとそこらじゅうに喫茶店がたくさんあるし、ところどころからコーヒーを焙煎《ばいせん》する良い香りが漂ってくる。今の僕にはコーヒーというものは強力で危険な黒い液体ドラッグにしか見えないのだけど、それでもコーヒーのあの香りだけは今でも素晴らしいと思う。カフェインを摂らないということは、この先ずっとあの良い香りから疎外されるということなのだろうか……。それはちょっと寂しい。カフェインレスコーヒーなんてものも売ってるけどあれはどんなものなのだろうか。

困るのは、ちょっと休憩したくて喫茶店に入ったときに飲むものがないことだ。コーヒーも紅茶も緑茶もだめなのでかなり頼めるメニューが限られてしまう。しかたないので最近はスムージーとかラッシーとかルイボスティーばかり頼んでいるのだけど、いくつか選択肢がある場合はまだいいほうで、店によっては頼めるものがオレンジジュースしかない場合がある。オレンジジュースは別に嫌いじゃないけど、そんなに好きでもないし、それほどしょっちゅう飲みたいものではない。

定食屋などでデフォルトで緑茶やほうじ茶を出すのもやめてほしいと思うようになった。ただの水よりもいいだろうというサービス精神なのはわかるのだけれど……。できれば全部麦茶にしてもらえるとありがたい。

回転寿司に行ったときも、粉末茶はカフェインが入っているので湯呑《ゆの》みにお湯だけを入れて飲むようにしている。ちょっと味気ないけれどしかたない。

そもそも根本的なことを考えてみると、僕らはコーヒーが飲みたいから喫茶店に行くわけじゃない。「ちょっと休憩したい」とか「人に会って話したい」とかいうときにしばらくの時間座ってゆっくりとする空間が欲しくて喫茶店に行くのであって、そこにカフェイン含有の飲み物が付いてくるかどうかはわりとどうでもいいのだ。僕は街なかで休みたくて喫茶店に入るときはいつも「飲み物なんてペットボトル飲料でいいからとりあえず座る場所をくれ」と思いながらカップに入った飲み物に数百円を払っている。

カフェや喫茶店が本当に売っているのは時間と空間なのに、それがコーヒーやお茶などの飲み物の提供と結びついているのはよく考えると不思議なことだ。その結びつきには特に必然性がない気がする。

ネットカフェや漫画喫茶や猫カフェといった店ではさらにカフェや喫茶という言葉が空洞化している。もはや誰もそれらの店に飲み物を期待していない。だけどそれらの店では「なんとなくある程度の時間ゆっくりできる場所」というのを表すためにカフェや喫茶という概念が使われているのだ。

本当に売っているのは飲料ではなく時間と空間なのだとしたら、カフェは全て漫画喫茶や猫カフェのように「1時間500円」みたいな時間制の料金システムにしたほうが課金方法として正しいのかもしれない。そうすれば「喫茶店でコーヒー1杯で5時間くらい粘るのは許されるのか」みたいなマナー問題も起きなくなるだろう。

あと、我々が普段「お茶でもしませんか」と言うとき、別にお茶を飲みたいわけではないし、「今度飲みに行きましょう」と言うときも、酒を摂取するのがメインの目的ではない。それらは相手と話したいとか親交を深めたいという誘いの婉曲《えんきょく》表現だ。

「他人とコミュニケーションしたい」という本当は社会的な欲求が、カフェインを含むアッパー系飲料やアルコールというダウナー系飲料を摂取するという原始的な精神変容行為と結びついているのは面白い、と改めて思うようになった。ドラッグと社会の共犯関係という感じがする。

漫画喫茶は魔法のほこら

疲れたな、なんか楽で楽しいものにゆるく浸って精神を回復したいな、というときはいつも漫画喫茶に行く。家の近くの漫画喫茶の「オープン席　3時間620円」のコースがお気に入りだ。

店内に足を踏み入れると、静かで薄暗い聖堂のような空間に巨大な本棚が迷路を形作るかのように並べられていて、全ての本棚には天井近くまでみっしりと漫画が詰め込まれている。

ドリンクバーで飲み物を入手したら本棚と本棚の間の狭い通路をコップ片手に注意深く移動しつつ、これからしばらくの時間を託す漫画を探すのだけど、いつ行ってもまだ読んでいない面白そうな漫画がたくさんあって限られた時間の中でどの漫画を読めばいいのか迷ってしまう。

漫画の中にはあらゆる世界がある。壮大なファンタジーも歴史ロマンもタイムスリップもゾンビも吸血鬼も愛憎劇も淡い恋心も死も生も日常も、全てがある。漫画喫茶は僕にとって、心のＭＰ《マジックポイント》を回復してくれる魔法のほこらだ。現実の人生のややこしさを忘れて漫画の世界に浸ると心が安らぐ。大量の絵と物語を目から流し込んで脳をじゃぶじゃぶと洗濯するようなイメージだ。３時間のあいだ、ひたすら漫画の世界に精神を遊ばせてから外に出ると、少しだけ気力が回復していて、もうちょっとこの世界で頑張ってみようかという気分になれる。

疲れていて活字の本を読む集中力がないときでも漫画なら読める。「全ての本が漫画になればいいのに」とときどき思う。

漫画ではなく活字でしか表現できない内容も世の中にはあるけれど、それはごく一部で、大体の内容は漫画にしたほうが読みやすいしわかりやすい。

最近本屋に行くと「まんがでわかる○○」みたいな本がビジネス書の棚などにたくさん並んでいるけれど、ガンガンなんでもかんでも漫画化して読みやすくしたほうが人類全体の知識摂取量が増えてよいことなんじゃないだろうか。

漫画と言ってもいろいろあるけれど、疲れているときは頭に負担がかからないものを読みたい。

重いテーマを背負った深刻な作品や繊細な心情の機微を描いた作品などは、面白いのだけど消化するのに頭を使うので、気力がないときはあまり読みたくない。

僕は疲れたときには格闘漫画かギャンブル漫画か殺し合いの漫画ばかり読んでいる。そういうときは頭を使わなくていいジャンクで爽快さのある漫画が良い。

例えば格闘漫画の「バキ」シリーズとかは、一冊5分くらいのハイスピードで飲み物のようにゴクゴク読めて面白い。もう人生で5回くらいは通読していると思う。無慈悲に人がどんどん死んでいく漫画も楽しい。『GANTZ』とか。

一度読んだ漫画をもう一度読むのも頭にあまり負荷がかからないのでよい。年を取ると昔読んだものをどんどん忘れていくので便利だ。これからどんどん物忘れが激しくなっていったら、これまで読んだ漫画を定期的に読み返すだけで一生退屈しないかもと思ったりもする。

旅行中の宿として漫画喫茶に泊まるのも好きだ。

2000年前後くらいからだったと思うけど、漫画喫茶（ネットカフェも大体同じ）が宿泊場所として使えるようになったときは衝撃的だった。

それまでは宿のイメージといえば安くても4000円から5000円くらいするものだったけれど、漫画喫茶なら2000円ほどで一晩過ごせて、しかもドリンクは飲み放題、漫画は読み放題なのだ。

漫画喫茶の席の種類を大雑把に分けると、ブースで仕切られてないオープン席（一番安い）と、ブースの中にリクライニングチェアが置いてあるリクライニング席と、ブースの中の床にマットが敷いてあって床に座るタイプのフラット席がある。

眠りたい人はフラット席を使う。フラット席だとなんとか横になって眠れるだけのスペースがある。たまに狭めのブースだと、長方形の部屋で体を斜めにして対角線状に寝転ばないといけなかったりするけれど。

店によっては毛布も貸してくれるし、最近はシャワーのある店も多い。食事をしたければ、パソコンから注文すればブースまで届けてくれるという便利なシステムがあったりもする。

数万冊の漫画が所蔵された静かな閉じられた空間。ここに朝まで9時間滞在できて

2000円なんて天国だと思う。2000円なんて普通に漫画を買うと3冊か4冊でなくなっちゃうけど、ここでは何十冊でも読み放題だ。だけどあまりに読みたいものが多くて欲張りすぎてしまって、寝不足になりがちなのが宿としては欠点なのだけど。

漫画喫茶で漫画を読んでいる他のお客さんを見ていると、こんな風に大人たちがもくもくとひたすら漫画を読むのはいかにも日本的な文化で、他の国ではあまりないのでは、ということを思う。

タイのバンコクに滞在していたときの話だけど、バンコクは数万人の日本人が住んでいるので日本人が必要とするような店は大抵揃っていて、日本人向けの漫画喫茶も何軒かあった。

バンコクの熱気に満ちた雑踏を抜けて店に入ると、タイ人の店員が「サワディーハー！（こんにちは！）」って迎えてくれるのだけど、空調のよく利いた店内では日本人の男たちが並んでひたすらもくもくと漫画を読み続けていて、そんな光景を海外で見るとちょっと異様な感じがした。

だけど異国での慣れない生活に疲れたとき、現地の料理に飽きて味噌汁《みそしる》が飲みたくなるような感じで、日本の漫画が読みたくなる気持ちはすごくわかる。

自分にとって漫画をむさぼり読むことによる精神の回復は欠かせないものだ。もはや単なる娯楽というよりも、定期的に一定量を摂取しないと精神の安定を維持できないような必需品になってしまっている。

旅の途中、バンコクのカオサン通りにある古びた漫画喫茶で全36巻の『蒼天《そうてん》航路』という三国志の漫画を一気に読破したときのことは今でもよく覚えている。すごく面白かったのだけど、「こんなタイのよくわからない店で、日本人が描いた中国の古代の話を日本人の僕が読んでいるなんて、なんか変な感じだよなあ……。アジアはつながっているのか……」みたいな妙な感慨にも囚《とら》われたのだった。旅先で読む漫画もよいものだ。

夕暮れ前のファミレスで本を読みたい

世界には2種類の人間がいる。自宅で仕事ができる人間とできない人間だ。

僕は最近は文章を書く仕事が増えてきたのだけど、「どこで仕事をするべきか」という問題についてはずっと試行錯誤を続けている。

仕事専用のスペースなどはない。そんなものを借りるお金はない。そして自分の家は乱雑にゴミと荷物があふれて2匹の猫が走り回るシェアハウスなので、落ち着いて仕事ができる環境じゃない。ということで、結局近所の安カフェなどに行くことになる。

ただ、もし自分の家が清潔に整理整頓されていたとしても、僕は自宅で仕事ができないほうの人間なのでやっぱり外で仕事をしていただろう。僕は家にいるとつい漫画を読んだり布団に寝転がったり猫を撫《な》でたりしてしまって全く仕事が進まない。あと僕は長時間一つの場所に座っているのが苦手なので、いろんな場所をふらふら移動し続けていたほうが調子がいいというのもある。

最近はカフェで仕事をする人を昔よりもたくさん見かけるようになった。携帯電話とインターネットの普及のおかげで、別に仕事場にいなくてもパソコンがあればわりと仕事はこなせるようになったからだろう。

仕事場でなくても仕事ができるのなら、もういっそのこと通勤なんて全てなくなってしまえばいいのにと思う。電車（特に満員電車）に乗って通勤するというのはかなり体力や気力を消耗する行為で、多くの日本人が別に生産的でもなんでもない通勤という行為でエネルギーを奪われているのは本当に無駄なことだと思う。

いや、在宅勤務だけでは不十分で、やっぱり職場に実際に行かないと回らない仕事があるということはわかる。だけど、本気になって考えれば会社にいなければいけない時間はもっと減らせるはずだと思っている。

「週に2日は在宅勤務でいい」とか「午前中は在宅勤務で午後からだけ出社すればいい」とか「オフィスの家賃がもったいないのでオフィスを持たず全員がリモートで仕事をする」とかそんな勤務形態の職場がもっと増えたなら、通勤で消耗する度合いが減って働く人のストレスも減るし、仕事と家庭の両立もしやすくなって国全体の幸福度も上がると思うので、早くそういう社会になってほしいものだけど、まだあと10年や20年は無理なのだろうか。

僕が作業をするとき一番よく行くのは家のすぐ近くにあるカフェ・ベローチェというチェーン系のカフェだ。

ここではコーヒーが200円で飲める。値段が安いわりにこの店舗は昼休みの時間帯以外はそこまで混み合うことはなくて、店内も広いので結構快適に作業ができる。

コーヒーが200円ということは、1ヶ月毎日来ても6000円だ。今住んでる倉庫のようなシェアハウスが狭くて家賃が安い分、追加で6000円払って近所に仕事場を借りていると思えばそんなに高くない。そう考えて今はこの店を「第二の家」とか「家の延長部分」のように使っている。

ただ、この店は便利なのだけど、同じところばかりに行っているとだんだん飽きて嫌になってくる。なのでちょくちょく別の場所にも行くようにしている。

そもそも僕が会社勤めをリタイアした理由の一つは、毎日同じ時間に起きて同じ電車に乗って長時間同じオフィスで過ごすのがものすごく苦痛だったからだ。世の中にはそれをあまり苦にしない人も多いみたいなので、適性の問題なのだろうけど……。僕はとにかくその生活が閉塞感と圧迫感でつらかった。今は幸いなことに時間も場所も自由が利く状況なので、できるだけいろんな場所で仕事をしてみたい。

漫画家を主人公とした漫画、『吼《ほ》えろペン』（島本和彦）で好きなエピソードがある。漫画家は打ち合わせやアイデア出しなどでファミレスなどに行って仕事をすることが多いのだけど、そういうときはアイデア・エナジーがたくさんたまっている店に入るのだそうだ。

店ごとに環境が違うので店によってアイデア・エナジーのたまり具合が違う。そして、ずっと同じ場所で仕事をしているとその店のアイデア・エナジーを使い尽くしてしまい枯渇する。なので漫画家はアイデア・エナジーがいい感じにたまった店を探して放浪を続ける。それが漫画家にとって一番重要な仕事なのだ（らしい）。

この「場所にアイデア・エナジーがたまる」という考え方が好きなので真似をしているところがある。人間は周りの環境の影響をとても受けやすい生き物だから、自分がいる環境によって考えることが変わってくる。一つの場所にずっといると考え方が固まって視野が狭くなるし、別の場所に移動するだけで違う発想が生まれてきたりする。だからときどき場所を変えながらいろいろな角度から物事を考えてみることが大事だ。

ハンバーガー店などのファストフードに行くのは「カフェよりももうちょっと腹にたまるものを入れたい」＋「そのあと飲み物を飲みながらだらだら居座って何かをしたい」という気分のときだ。最初に会計を済ませればあとはひたすら放置してくれるのも気楽でいい。

ただしファストフードはカフェよりも客層が若く、子供連れや中高生などが集まってガチャガチャした雰囲気になっていて、静かに作業をするのには向いてない場合も多いので店選びが重要になる。

ときどきファストフードだけど客が少なく静かで落ち着いている店舗がある。1階フロアだけじゃなく2階フロアがある店は狙い目だ。ファストフードの2階フロアというのはほとんど店員もやってこないので落ち着いて長居できる。2階があって客が少なめなお店を探そう。

モスバーガーやフレッシュネスバーガーは単価が少し高めだからか落ち着ける確率が高い。マクドナルドは客層が若いのと席がそれほど広くないので基本的にはあまり作業向きではない。だけど、前に練馬に住んでいたとき、家の近くに「駅近くでも幹線道路沿いでもない住宅地の真ん中でなぜか24時間営業している2階建ての大きなマクドナルド」があって、そこは悪くなかった。深夜に行くと真っ暗な住宅街の中にマクドナルドの大きな建物が城のように白く光ってそびえ立っていて、店内には奇妙に止まったような時間が流れていて、夜中にそこでパソコンを広げて文章を書いたりするのは結構好きだった。あの店はまだ営業しているだろうか。

ファミレスにもよく行く。ファミレスのよいところは「普通にごはんが食べられるところ」+「ドリンクバーを飲みながら長居できるところ」だ。空いている店だと一人で4人用のテーブルに座って机を広く使えるのも嬉しい。

ただ、ファミレスもランチの時間帯は人が多くて混み合っているし、夜はお酒を飲んで盛り上がっている人たちがいて集中しにくいことも多い。なので、どういう時間帯に行くかが重要になってくる。

ファミレスで僕が一番好きなのは、ランチタイムとディナータイムの間の客が少ない空白のような時間帯だ。人が少なくて静かな店内を悠々と使うことができるからだ。

僕の定番は、ランチタイムが終わる寸前の15時少し前に入って、ランチメニューとドリンクバーのセットを頼み、とりあえずランチを食べてから食後にドリンクバーをお代わりしつつ、夕方まで数時間ゆっくりと作業するというものだ。このやり方だと昼時の混雑を避けつつ、コストパフォーマンスの良いランチメニューを頼むことができる。サイゼリヤだとランチとドリンクバーのセットでも600円ほどで済むのでありがたい。

普段は大体そんな感じでカフェ、ファストフード、ファミレスを中心にローテーションを組んでるのだけど、その繰り返しに飽きてきそうなときには飛び道具として、

・カラオケボックス（平日の昼間は安いし作業に飽きたら歌える）
・電車の中（郊外に向かう空いている路線の快速など）
・公園の木陰（気候の良い季節は快適だ）
・サウナの休憩室（作業の合間に風呂に入れるのが最高）

などを組み込んでアイデア・エナジーが枯渇しないようにしている。

しかしカフェなどを仕事場にするときのジレンマというのがあって、それは「空いている店は落ち着けてよいけれど、あまりにもガラガラの店は潰れてしまう」というものだ。

このあいだも近所にある某ハンバーガーチェーンの2階フロアが、人が少なくて電源も使えるのを発見して、「ここは良い、行きつけにしよう」と思ったのだけど、ふたたび行こうとしたら潰れてしまっていた……。客がいなくてやはり採算が取れていなかったのだろう。

なんとか「空いていて快適だけど潰れない程度には客が入っている」という絶妙なバランスで経営を続ける店が増えてほしいのだけど、今の時代はなかなかそれも難しいのかもしれない。

だとしたら、「肉は腐りかけが一番うまい」みたいな感じで「店は潰れかけが一番落ち着ける」ということになって、潰れそうだけどまだ潰れていない店を探して渡り歩くとよいのかもしれない。だけど、それもなんかハイエナみたいで嫌だな。

ときどきゲーセンのパチンコが打ちたくなる

年に何回か、全てのことがネガティブにしか考えられないような時期がある。体調のせいなのか季節のせいなのか理由はわからない。

「なんだか全てがだるい」とか、「何もしたいことがないし楽しいこともない」とか、「自分は今まで人に対して不誠実なことばかりしてきて本当に申し訳なさばかりがある」とか、「こんな自分の性質は死ぬまで変わらないだろうしこれからも同じようなことを繰り返していくのだろう」とか、そんな後ろ向きな思考ばかりが脳の中でぐるぐる煮詰まってしまって、それは「認知の歪み」によるものだということは理性ではわかっているのだけど、どうしても黒く粘ついた鬱屈を頭から振り払えなくなってしまう。

そんなときは、ゲームセンターに行ってパチンコを打つことにしている。

パチンコ屋ではなくゲーセンに行くのは、パチンコ屋に行くとすぐに何千円も消えてしまうけど、ゲーセンのパチンコなら数百円で数十分（運良く大当たりが出ればもっと長く）の時間を潰すことができるからだ。

普段はゲーセンなどという騒々しくて空気が悪くて目が疲れる場所には全く行きたいと思わない。

だけど神経が疲弊しきって、普通の楽しみが何も見つけられないようなときには、あの悪環境が少しだけ快適に思える瞬間があるのだ。

ゲーセンの扉を開いて中に入った瞬間、気のふれた動物ばかりが檻の中に入っている動物園のように、数百台のゲーム機がそれぞれ発する機械音が合わさって一つになった異常な音量の騒音が、自分の頭を包む。うるさくてしかたがないけれど、これはノイズミュージックだ、と思うと悪くないような気がしてくる。

ノイズミュージック、略してノイズというのは、機械が発する雑音や騒音のようなものがひたすら流れているという音楽のジャンルだけど、僕はときどきこれが聴きたくなる。大音量のノイズを聴くと、うるさいのだけどなぜか心が落ち着いてきて眠くなるという効果があることがよく言われる。

「日本人は虫の声を聞くと風流だと感じるけれど、外国人は騒音としか感じない」という話がある。耳というのは習慣に強く作用される器官なので、その種の音を聞き慣れているかどうかで楽しめるかどうかが変わってくる。

なので、ノイズを聴くことでそれを楽しめる「ノイズ耳」を作っておくと、人生の中でときどき役に立つ気がする。例えば工事現場とか、電車のガード下とか、歯医者とかで。騒音を単にうるさいと言って嫌がるのではなく、「これはなかなかいいノイズじゃないか」と思う視点を持っていると、少し心に余裕ができたりする。

そう、重要なのは音だ。処理しきれないほどの音。頭の中がよくない思考でぐちゃぐちゃになっているときは、何も考える余裕がないくらいの騒音に頭を浸せばいい。余計なことばかり考える頭の回路なんて轟音《ごうおん》で焼き切れてしまえ。

腐った脳を音の洪水で洗濯してリセットするようなイメージだ。しばらくの間ゲーセンの中で轟音と騒音にひたすら塗《まみ》れてから外に出ると、外の世界は異常に静かでスッキリしていて、見えるものがみんな妙にクリアに見えて、この世界もそんなに悪くないのかもしれない、という気分に少しだけなれたりするのだ。

ゲーセンの中に入ったら適当なパチンコ台を見つけて座るのだけど、その前に普段はあまり飲まない缶コーヒーとあまり吸わないタバコを買っておく。そう、今から自分は、あまり美味しくない缶コーヒーを飲んで、体に悪いタバコを吸いながら、何も考えずバカみたいな顔でパチンコを打ち続けるのだ。そう思うと少しだけ楽しくなってくる。

椅子に座ってハンドルを右手で握ると玉が打ち出される。きらきらと光を反射する銀色の鉄の玉が左下から次々と飛び出してきては、パラノイアックに壁に打ちつけられた大量の釘《くぎ》の間をかちかちと跳ねながら落下していき、その様子を僕は口を半開きにしたままで眺め続ける。

玉が中央より少し下にある特定の穴に入ると、盤面の真ん中に据え付けられた小さなモニタの中で、数字の書かれたスロットが回り出す。

２　８　１

同じ数字が三つ並んで止まると大当たりなのだけど、そうはなかなか当たらないものだ。次々とてんでんばらばらの数字が並び続ける。

3　5　4
7　3　2
6　3　1
8　1　6
9　2　5

と思ったら不意に、「リーチですわよ！」と画面の中でアニメの女キャラが叫んだ。

右と左に二つ同じ数字が止まって、あと一つ同じ数字が止まれば当たりだ。

でも、こんな普通のリーチが当たるわけがないことを僕は知っている。パチンコというのは、もっと演出が派手なスペシャルなリーチでないとまず当選しないものなのだ。

しかし一縷《いちる》の望み、このノーマルリーチがスペシャルリーチに発展しないものか、と期待するけれど、それは叶わず、画面の数字は揃わずに止まった。

３４３

まあそんなもんだよな。次だ、次。黙々と僕は銀色の玉を打ち出し続ける。

パチンコというのはゲームの一種なのだけど、ゲーム性が全くないゲームだ。勝ち負けにプレイヤーの技術や戦略が介入する余地はなく、ただ運や確率だけで当たりか外れかが決まる。パチンコというのは、「３００回に一度当たりが出るサイコロをひたすら振り続けるだけのゲーム」と言っていい。

だから単純にゲームとして考えるとあまり面白くないのだけど、人間には、なんの頭も使いたくないけど何かをしたいというときがある。まともなゲームを遊ぶのは知性や技術がいるのでだるい、漫画を読むのもテレビを見るのも面倒臭い、そんなとき、何も考えず右手でハンドルを握っているだけで何かを遊んでいる感が出るパチンコがちょうどよかったりするのだ。

そもそも人間は、単純にサイコロを振るだけといった確率だけのゲームでも楽しむことができる。その理由は、人は全く意味のない偶然にも意味を見出してしまう生き物だからだ。

例えば、不意に落雷や竜巻などの災害に襲われて大怪我をしたとする。大抵の人はそれをただの偶然だとは思えず、「自分が何か悪いことをしたからバチが当たったのか」とか、「誰かが必要な対策を取らなかったからこんな目に遭ったのだ」という風に考えてしまう。悪いできごとだけじゃなくて、良いできごとの場合でも同じだ。突然大金を拾ったりしたら、それもただの偶然とは思えず、「自分の普段の心がけが良かったからだ」とか、「今までロクなことがない人生だったからその埋め合わせとして神様がくれたのだ」などと思うはずだ。

パチンコなどのギャンブルで起こるのもそれと同じことだ。

そのゲームの裏にあるのは単なる偶然や確率に過ぎないのに、すぐに大当たりが出たら「俺はやっぱり選ばれた人間だ」とか「運の流れ的に今日は来ると読んでたんだ」などと自分の手柄であるかのように調子に乗ったりするし、なかなか当たりが来ないと「ツイてないときは何をやってもだめなのか」とか「不運をここで使い切ったから明日からはいいことがあるはずだ」とか考えたりして、その運や不運に理由や法則を探し始める。そうした深読みをすることで、人は単なる確率に左右されるだけのゲームを楽しめるのだ。

人は無意味に何かが起こることに耐えられない。なぜならば、無意味を無意味としてそのまま受け止める心の強さがないからだ。

この世界なんて本質的に無意味で出鱈目《でたらめ》なことがランダムにいろいろ起こっているだけなのに、人はどうしてもそこに理由や法則や誰かの責任や天の啓示を探してしまう。

特に理由のないサイコロの出目に理由を見つけようとするのと、特に理由のない人生や世界にそれが存在する理由を求めようとするのは同じことだ。前者はギャンブルと呼ばれ、後者は宗教と呼ばれる。神という存在はこの世の説明不可能なものを説明するために発明された。「無意味なできごとに意味付けを探してしまう」という点で、ギャンブルと宗教は本質的に同じものなのだ。

どんなに善行を積んでいても不意に落石で死んだりするし、悪行ばかり重ねている人間が長生きして天寿を全うしたりもする。ど素人がいきなりカジノで大勝ちすることもあるし、経験豊富なギャンブラーが手も足も出ずに負けることもある。世界というのはそのように理不尽でランダムで説明不能な単なる混沌《こんとん》に過ぎないのだ。

昔、パチンコというのは1玉4円で遊べた。1000円で250発だ。だけど最近では1玉1円で遊べる1パチというのが増えているし、もっと安い0・25パチというのもある。これらのパチンコは安く遊べる分、当たりが出た場合の勝ち分も少ない。

なぜそういう安いパチンコが増えているかというと、儲《もう》けようと思ってパチンコを打つ人が減っているからだ。ローリスクローリターンでいい。とりあえず安い金額でだらだらなんとなく時間を潰したい。今パチンコを打っているのはそういう人が多いのだろう。

そして僕のようにゲーセンでパチンコを打つ場合は、大当たりが出てもそれは一切換金できない。何か景品がもらえるわけでもない。ただメダルがもらえるだけだ。

そのメダルはゲーセンの中のメダルゲーム（メダルがたくさん載った台が前後にスライドして動いていて、そこにメダルを落として遊ぶようなやつだ）で遊ぶくらいしか使い道がないのだけど、僕はメダルゲームがそんなに好きではないので、獲得したメダルは店に預けてそのまま放置したりしてしまう。

ゲーセンのパチンコは、勝っても負けても何も得るものはない。ただ時間を無意味に潰すだけだ。

その無意味さが気楽でいい。お金が儲かるかもしれないとなると、いちいちリーチがかかるたびに本気で期待したりがっかりしたりしてしまって心臓に悪い。別に失っても痛くないような数百円のお金で適当にだらだら時間を潰せればいい。

ゲームをやりたいのなら数百円か数千円出して他のゲームをやったほうが面白いし、お金を稼ぎたいのならもっと期待値の高いやり方がいくらでもある。パチンコに何千円も何万円もかけるのはバカらしい。パチンコなんてゲーセンで十分だ。

ゲーセンにいると子供の頃を思い出す。

小学生の頃、家にいるのも居心地が悪いけれど友達と遊ぶのも苦手だった僕は、一人で近所の駄菓子屋の横にあったゲームコーナーにばかり行っていた。そこでは10円や20円でビデオゲームを遊ぶことができた。僕は小さい頃の家や学校での記憶があまりないのだけど、当時ゲーセンで遊んでいた『リブルラブル』『バブルボブル』『Mr.五右衛門』などといったゲームのことは今でも鮮やかに思い出せる。

僕が中学生の頃には、対戦格闘ゲーム界の伝説、『ストリートファイターII』がリリースされて、ゲーセンの風景をそれまでと一変させた。僕もかなりハマってしまって、そこからしばらくは格ゲーにお小遣いの大半を注ぎ込むようになった（この時代のゲーセンの雰囲気については、僕と同世代の漫画家、押切蓮介の『ハイスコアガール』に詳しく描かれている）。

高校生の頃も、特に部活などに入っていなかった僕は学校帰りに繁華街のゲーセンでひたすら時間を潰していた。

ゲーセンに行かなくなったのは大学に入って実家を出た頃からだろうか。そのあたりからだんだん友達ができ始めて、居場所のような空間もできて、それとともにゲーセンから足が遠のいていったのだったと思う。

子供の頃は、家以外にゲーセンくらいしか居場所がなかったのでゲーセンにばかり行っていた。逆に今は、社会の中でいくつか自分の居場所はできたけれど、ゲーセンに行っても自分の居場所はほとんどなくなってしまった。

格ゲーは練習と勉強が必要なので年を取った今ではもうついていけない。音ゲーなども今さら若者に交じってやる気になれない。最近の新しいゲームはもはや遊び方すらわからないものも多い。

そんな今自分がゲーセンで座れる席は、技術も練習も必要なくて、おっさんが一人でぼーっとしてても許される雰囲気のある、パチンコ台の前くらいになってしまった。

パチンコを打つことを覚えたのは大学生のときで、それは遊びではなくバイトとしてだった。

大学の先輩でパチプロになった人がいたのだけど、その人が後輩の学生たちを、パチンコを打つ「打ち子」としてバイトで雇っていたのだ。

仕事内容はどういうものかというと、まず開店前からパチンコ屋に並んで、ドアが開くと同時にダッシュして、指定された台を取る。そしてそのまま、開店時間の午前10時から午後10時までの12時間、ひたすら座ってパチンコを打ち続けるのだ。

パチンコを打つための軍資金は事前にもらっている。パチンコで勝った分は全て上に納める代わりに、負けたとしても自分のお金の持ち出しはない。それで時給は1000円という仕組みだった。

その頃の僕は、時給800円くらいでコンビニやファミレスのバイトをやったりもしてたのだけど、どうもうまく周りと馴染めなかったり、他の人が普通にできる仕事が自分にはできなかったりして、つらさを感じることが多く、あまりどのバイトも長く続かなかった。

そんな風に普通に働くことに不適応を感じていた自分にとって、パチンコを打つバイトはうってつけだった。人と話さなくていい。服装に気を遣わなくていい。パチンコを打ちながら本を読んでいてもいい。一日中ただひたすら座ってさえいれば時給1000円がもらえるというのは素晴らしかった。

学生時代の自分の生計はあのパチンコバイトによって支えられていた。僕以外にも、まともな仕事が務まらないような社会不適合者たちがたくさん、そのパチンコバイトによって生活費を得ていて、「これは福祉の一種だな」と僕は思っていた。

普通に社会に適応して真っ当に生きる以外にもいろんな生き方があるんだ、ということを思い始めたのも、そのパチンコバイトを通じてだったと思う。

パチプロになったその先輩みたいに、ちゃんと就職して会社員になる以外にもふらふらしながら生きていく道はいくらでもあるんだ。何かで失敗してお金がなくなっても、パチンコさえあれば最低限食いつないでいけるのなら、何も怖がることはないんじゃないか。その頃そんな風に思ったのがきっかけだったのだろうか、結局20年近く経った今も、僕は定職につかず適当にふらふらと生きている。

しかし、あの頃は「食うに困ってもパチンコがあれば最低限死なない」とか思っていたけれど、よく考えると年を食ってからもずっとパチンコを打ち続けるというのはなかなか大変な仕事だよな……。当時は20代だからまだよかったけど、40歳も近くなった今またあれをやるかと言われるとちょっとキツい。でも毎日ネクタイを締めて通勤電車に乗って会社に勤めるよりはマシかもしれない。どうだろうか。

当時僕の周りにたくさんいた、明らかに社会に出て働くのが難しそうな、パチンコバイトで食いつないでいたようなダメ人間たちは今頃どうしているのだろうか。みんななんとかしてちゃんとした社会人となって毎日働いていたりするのだろうか。それとも僕みたいに今でもふらふらとしている人もいるのだろうか。

当時の知り合いはもう連絡先もわからない人が多いけれど、僕はとりあえず今でもこんな風にだらだらとゲーセンでパチンコを打ちながら、昔のことを思い出したりしています。くそ、また外れた。

街を家として使ってみる

一人暮らしは寂しいしつまらないしコスパが悪い。

そう考えているのでここ10年くらいずっと、ネットで知り合った仲間を集めてシェアハウスを作って共同生活をしている。

今の生活は楽しくて気に入っているので、「みんなもっとこういう暮らしをしたらいいのにな」と思っているのだけど、シェアハウスを作るときに多くの人がつまずく問題が一つあって、それは物件探しだ。

シェアハウスをするなら家を貸したくないという大家さんは多い。シェアハウスという住み方はまだまだ日本では見慣れないものだから、個人や家族に貸すのに比べて揉め事や犯罪などのトラブルが発生する可能性が高そうという懸念があるのだろう。

実際にはシェアハウスと言ってもそんなにトラブルが起きるものではない。まあ、人間が集まっているのでたまに揉め事とかはあったりするけれど、それでもトータルで考えると嫌な部分よりも面白い部分のほうが上回っている。だから自分はシェアハウスを続けている。でもそれはこっちの事情で、大家さんが余計なリスクを背負いたくないという気持ちも理解できる。

自分自身に関して言うと、さらに家を借りる際に不利な点がある。シェアハウスをやっているのに加えて、定職にもついていないし、あと猫を2匹飼っている。こうなると部屋の借り手としてはマイナスの要素が多すぎる。普通の大家さんならこんな人間に家を貸したくないだろう。なのでもう普通の不動産屋さんで家を探すのは諦めていて、大体いつも知り合いの伝手《つて》で借りる家を紹介してもらっている。

そんな感じなので、このあいだまで住んでいた練馬の家を諸事情（トラブルではなく大家さん側の事情）で出ないといけなくなったときは結構どうすればいいか困った。できればシェアハウスごとどこかに移転したいのだけど、なかなかちょうどよく住めそうな家が見つからない。そもそも家が見つかるか見つからないかという以前に、自分もあまりお金がないしシェアハウスの同居人たちはそれに輪をかけてお金がないので、まともな家を借りるお金を出せるかどうかも怪しい。結局しばらくいろいろと探した結果、練馬の家の大家さんの紹介で、上野近くの倉庫のようなスペースを割安で貸してもらえることになった。

その場所はもともと猫カフェを営業していたスペースなのだけど、それが移転したあとは物置として使われていた。全体の広さは75平米と結構広いけれど、部屋の仕切りはなく全部がつながった空間で、床はコンクリート打ちっぱなしで、しかも部屋の大部分には家具や段ボール箱などの荷物がたくさん置かれたままだ。そんな倉庫のような空間に男4人と猫2匹が住むことになった。

とりあえずゲームの「倉庫番」のように部屋の荷物を動かしてなんとか空間を作って、部屋のあちこちにそれぞれが一人用の室内テントを張って寝ることにした。コンクリートの床に段ボール箱が積み重ねられてその合間にテントが張られている様子はまるで避難所か難民キャンプのようだった。

家に遊びに来た人たちみんなから「難民キャンプだ」「スラムだ」「底辺だ」「人間の住む場所じゃない」などと酷評されたのだけど、僕は結構この家が気に入っていた。一般的な家という概念と比べると底辺の暮らしのように見えるかもしれないけれど、そもそも自分は一般的な家の概念に疑問があったからシェアハウスなどをやっているのだ。僕は昔から一般的な家や家族という概念に対して閉塞感を覚えてしまって苦手なところがある。メンバーが少数で固定している「家」よりも流動的にいろんな人が出入りしている「場」のほうが好きだ。家なんて自分の寝る場所だけあればいい。寝る場所以外は家の外でどうとでもなる。

シェアハウスをやっている理由の一つは、一人暮らしは無駄が多いと思うからだ。例えばキッチンやリビングや風呂やトイレなどの設備は、自分が24時間使い続けるわけじゃないので共有で構わない。むしろ、自分専用キッチンや風呂やトイレを持つのは贅沢だというくらいに思っている。実家に住んでいるときはそういうものは全部共有なのが当たり前として暮らしていたものだし。テレビや冷蔵庫や洗濯機やゲーム機などの家電も、一人で買うとお金がかかるけれどみんなでシェアすれば安く済む。そうすると個人の専用のものとしてはベッドと収納家具が少しあれば十分なのではないだろうか。

そう考えると、この難民キャンプのような家も、自分が寝る場所は確保できているので最低限の要件は満たしている。そして利点としては立地の良さがある。

家の近くにはコンビニもスーパーも飲食店も銭湯もあるし、繁華街である上野にも歩いて10分ちょっとで行ける。家が狭くて汚くて落ち着けなかったとしても、街を家の延長として使えばそれでいいんじゃないか、と思ったのだ。

本を読んだりパソコンで作業をするときはカフェに行けばいい。食事はスーパーで買ったり外食したりすればいい。人と会うときはファミレスや居酒屋に行けばいい。風呂は銭湯やスポーツジムなどで入れるし、洗濯はコインランドリーでできる。近くにコンビニがあれば冷蔵庫もあまり必要ない。本棚がなくても図書館やブックオフに行けば本は読める。庭がなくても公園に行けばそこが自分の庭のようなものだ。

そんな風に生活に必要なものを街に外注していくと、家の中で済ませるよりお金がかかるのは確かだ。だけど、家電を買ったりする初期費用がかからない分と家賃が割安な分とを差し引いて考えると、今のところは許容範囲な感じだ。

住宅の居室以外の設備（台所・風呂・トイレなど）を何人かの他人とシェアするとシェアハウスになるのだけど、その方向性をもう一歩進めて、眠る場所以外を街に外注する、つまり都市の不特定多数の人間とシェアするようにすると、僕が今やっているような暮らしになるのではないかと思う。

突き詰めて考えると、街の中にカプセルホテルに置いてあるようなカプセルベッドが一つと、荷物をある程度保管できるロッカーが一つあれば、都会ならそれで生活が成り立ちそうだ。都市の力はすごい。

生活のどこまでを家の中で済ませてどこからを家の外にアウトソーシングするかというのに絶対的な基準はなくて、ライフスタイルや文化によっていくらでも変わるものだ。日本は数十年前にサラリーマンと専業主婦の組み合わせという家族スタイルが一世を風靡《ふうび》したせいか、家事に要求する水準が高い上に、できるだけ外注せずに家の中でなんとかするべしという傾向が強い気がする。

タイのバンコクでしばらく暮らしていたことがあるのだけど、そのとき一番驚いたのは「タイ人はほとんど家で自炊をしない」ということだ。なぜかというと屋台やレストランなど外にあるご飯屋さんが安くて美味しくて店の種類もいろいろあるので、自炊するよりも外で食べたり外で買ってきて食べたりするほうがリーズナブルだからだ。家で料理をするのは外で食事を買うお金もない貧乏な人か、豪華なキッチンで趣味として料理をするお金持ちかのどちらかだ、というくらいの感じだった。

それまで人間は世界中どこでもみんな家で料理を作るのが普通だと思っていたのだけど、そうじゃない場合もあるんだというのをそのときに知った。僕が知らないだけで、世界には他にも「日本では家でするのが当たり前だと思っていることを外でする文化」や「日本では家の外でするのが普通なことを全部家の中でやる文化」などがあるのかもしれない。例えば、みんな家で洗濯しないので洗濯屋がたくさんある文化とか、みんな自宅で髪を切るので散髪屋が全くない文化とか。

日本もタイくらい外食が安くて美味しくて種類が豊富にならないものかとよく思う。衛生環境が微妙でも気にしないので安い屋台がもっと街にあればいいのに。日本でも牛丼屋やうどん屋は安いけれど、いつも牛丼やうどんばかりでは飽きてくる。今の僕の食事は、昼過ぎや閉店間際のスーパーや弁当屋に行って半額の弁当や惣菜《そうざい》などを買って済ますことが多い。今の家に引っ越してきて一番初めに調べたことは近くの店で半額シールが貼られ始める時間帯だった。これは貧乏人が都会で生きていくための基礎知識だと思う。

街に生活を依存する暮らし方としては、江戸時代の長屋なんかも水場やトイレは共同で風呂は銭湯に行っていたらしいし、その時代の暮らしとやってることはあまり変わっていないのではないだろうか。昔から伝統的に都市のお金がない層はこんな感じで暮らしてきたのだろう。

いつまで続くかはわからないけれど、しばらくはそんな感じの街暮らしを続けてみようかと思う。

街なかに居場所がもっとあればいい

精神科医の斎藤環さんと一度トークイベントでお話ししたことがある。斎藤環さんといえばひきこもり問題についての第一人者なので、イベントではひきこもりやニート、働くことや働かないことについての話がいろいろと出た。

斎藤さんのひきこもり関係の話で一番興味深かったのは、日本ではひきこもりになるような若者は、イギリスだとヤングホームレスになっている、というものだ。日本だと成人しても子供が親と同居し続ける習慣がある（別々に住むよりもそっちのほうが親孝行だと評価されたりもする）けれどそれは儒教文化圏的な行動らしい。欧米だと成人したら親子でも別々の個人だから別々に住むのが当たり前で、親が子供の面倒を見続けるというのは起こりにくくひきこもりよりもホームレスになりやすい、ということのようだ。

日本だと、何か問題が起きたときにすぐ責任を家族に負わせるところがあって、それで家族というブラックボックスの中が煮詰まっていろいろと気持ち悪い感じになるのが嫌だなあと僕は思っていたんだけど、かといってひきこもりよりもホームレスがいいとも言えないし、どちらもどちらで大変さがあるな……と思った。

ただ、弱った人や困った人を家族で支えていくという日本的なシステムもだんだん崩壊してきているんだろうと思う。１９８０年くらいまでは95パーセントくらいの人が生涯に一度は結婚するという総結婚時代だったけれど、そこから婚姻率はどんどん下がってきている。結婚をしない人に加えて離婚をする人も増えているし、単身のまま年を取っていく人はこれから増えていくだろう。斎藤さんは、最近はひきこもり問題について考えるとき、親が死んだあとどうやってひきこもりの子供に資産を残すかもセットで語っていると言っていた。

家族という仕組みが全く滅びるとは思わないし、相変わらずまだまだ社会というシステムを支える中心であり続けるだろう。しかし、昔のように家族がなんでもかんでも面倒を見るという余力はだんだんなくなってきているし、少しずつ家族以外にいろいろなつながりを作る方向にシフトしていく必要があるのだろう。個人的には、「なんか問題があるとすぐに『親の顔が見たい』『家族がなんとかしろ』と家族の責任を問う」とか「家族はどんなに気が合わなくても助け合わなければならない」とかいうのを息苦しく感じるので、家族を絶対視する度合いが減るのはよいことだと思っているけれど。

ニートやひきこもりが働いていないことで抱える問題というのは二つあって、それは「お金がないこと」と「社会や他人とのつながりがないこと」だ。どっちも深刻なんだけど、僕はどっちかというと「つながりがないこと」をなんとかするほうに興味があって、働いていなくても友達や知り合いや居場所がたくさんあればそこそこ楽しくやっていけるんじゃないかと思っている。

ひきこもりは別に部屋にこもるのが好きでひきこもっているわけじゃない。一日中部屋から出ないのも精神的にかなりキツい。だけどそれでもひきこもっているのは、いてもいい場所が他にないからだ。働く働かないとは別の問題として、家以外にもゆるく人に会って話したり、のんびり過ごしたりできる場所があればちょっとは楽になるだろうと思う。

「社会や他人とのつながりがなくなってしまう」というのは別にニートやひきこもりだけの問題ではない。専業主婦や定年後の老人なども抱えてしまいやすい問題だ。

要は、家族と会社以外にも、居場所になるような空間が社会の中にたくさんあったほうがいいと思うのだ。趣味の集まりでもネットの知り合いでもなんでもいいから、家族と会社以外で他者とのつながりを持つチャンスが生まれるようなゆるい場が必要だ。今の時代は家族も会社も昔ほど一人一人の面倒を見てくれるものじゃなくなりつつあるので、小さな居場所をたくさん街なかに作っていくことが大事なのだと思う。

大きな公園に行くと、ベンチで爺さんたちが将棋を指していてその周りに人の集まりができている、みたいなのがあるけど、ああいうのはいいなーといつも思う。ゆるく集まれる公園将棋みたいな場がもっと街なかにあったらいい。小さな公園だと子供たちだけが元気に遊んでいて、おっさんが昼間から一人でベンチに座ったりしてるとちょっと居心地の悪さを感じるので難しいところだ。

「国境なきナベ団」という活動をやっている人たちがいて、何をするかというと駅前や公園などで突発的に鍋を始めて、興味を示した通りがかりの人たちなんかも巻き込みながら鍋を囲む、というものらしい。そういうのはよいなと思うんだけど、警察を呼ばれて「撤去しなさい」という警官とのこぜり合いになることもあるらしい。鍋くらい別にいいじゃないかと思うんだけど。

もうちょっと穏当なものとしては、インターネット界隈《かいわい》で行われている、公園でブルーシートを敷いてお菓子やお茶を持ち寄ってだらだらするという「ブルーシートオフ」とか、ファミレスやカフェでもくもくと本を読んだり作業をしたりする「もくもく会」とか、そういった集まりがあった。僕はきっちりとしたイベントは苦手なのだけど、そういう行っても行かなくてもいいような集まりは好きだ。なんかそういう小さな集まりや小さな居場所が、街なかにもっとたくさん生まれればいいなと思う。

こないだ東南アジアに旅行した友人が「向こうだと道や公園や駅に飲食物や小物を売る人がたくさんいて楽しいなと思ったんだけど、日本はなんでそういう人がいないんだろう？」と言っていた。

うーん、なんでだろう。日本だって戦後の時期とかは街にそういう人がいっぱいいただろうと思う。でも、そうしたら他の国でも、数十年経って経済が発展して豊かになったら日本のようになるんだろうか？　そうはならないような気もする。

それは豊かさの問題だけではないんじゃないだろうか。日本だと電車の中で携帯電話で話してると白い目で見られるのに象徴されるような、「公共の場ではとにかく人に迷惑をかけないように大人しくしていなければならない」という空気の影響が強いように思う。ヨーロッパとかだと電車の中で楽器を演奏する人とかもいるっていうし。日本のそういうところはちょっと窮屈だから、日本的な空気とか世間体とか同調圧力とかがもうちょっとだけ弱まって、もっと路上や公園などで座ったり喋《しゃべ》ったりたまったりできたらいいなと思うんだけど。

III

できるだけ多くの場所に
住みたい

冬とカモメとフィッシュマンズ

ユリカモメは冬の渡り鳥だ。毎年冬になるとシベリアあたりの厳冬を避けて南へと飛んできて日本の川辺や海沿いで越冬し、暖かくなるとまた北へと帰っていく。

大学時代に京都にいた頃は、当時住んでいた学生寮の近くを流れている鴨川の河原に行ってはよくユリカモメに餌をやっていた。

二十歳《はたち》前後の僕は今よりも暗く内向的で友達も少なく、今よりもさらに将来の見通しがなく、社会に適応できないという思いを持ちつつも社会から外れる勇気も持てず、この先どうやって生きていったらいいのかいつも途方に暮れつつ、過剰な自意識や承認欲求や性的衝動をこじらせて周りに迷惑をかけたりしていた。要はよくいる暗くて面倒臭い大学生だった。

「もうだめだ、つらい」

気が滅入《めい》ってそんなことを呟《つぶや》きながら汚い寮の玄関をくぐり抜けふらふらと鴨川まで歩いていって川の側の100円ショップでかっぱえびせんやベビースターラーメンなどのスナック菓子を買って橋の上で袋を開けてつかみ出した中身を適当に空中に放り投げると、あっという間に白くてひらひらしたユリカモメたちに囲まれる。ぐわあぐわあという騒がしい鳴き声が自分を包囲する。

ユリカモメは公園で老人に餌をもらってぬくぬくと肥え太っているハトなどよりもずっと運動性能が高く、水にも入れるし空中で旋回もできるので、動きを見ていると面白い。餌を高く放り投げれば巧みに空中でそれをキャッチする。

黄色い菓子をつかんでは投げ、つかんでは投げを繰り返すたびに空中に白い羽が入り乱れ、あたりはまるでお祭りのようになる。菓子を司《つかさど》る自分がその空間を統《す》べているような気分になる。鬱々としたときはよくそうやって気を晴らしていた。

今の僕は京都を遠く離れて東京に住んでいるけれど、東京にはなぜ鴨川がないのだろうと不満に思う。京都の鴨川は、街なかの歩いてすぐに行ける距離にあって、そこには水や草や鳥や開けた景色や自由に座れるベンチがあるという、無料でいくらでも過ごせてなんでもできる貴重な空間だった。

あの頃は全てが鴨川の河原で行われていた。散歩をするのも日光浴をするのも、花見をするのも花火をするのも、女の子と初めて手をつなぐのも初めてキスをするのも、そして別れ話をするのも、全部鴨川だった。今でも鴨川の河原を歩くと、１００メートル置きくらいになんらかの思い出が埋まっていて蘇ってくる記憶に足を取られて進めなくなるので非常に危険だ。

当時の僕は穂村弘を読んだ影響で短歌を作ったりしていて、天気のいい日に河原を歩き回るといろんなイメージが次から次へと頭の中に浮かんできたものだけど、あの頃は感性が鋭敏だったなと思う。今の僕はもうすっかり鈍くなってしまった。風景を見てもあまり面白いことを思いつかなくなった。瑞々《みずみず》しい感性を失ってしまった。

感覚が鈍った分、生きやすくなったというのはあるかもしれないけれど、最近はもう、感動したり本気になったりすることがすっかり少なくなった。

本や音楽も昔に比べると全然読んだり聴いたりしなくなった。音楽なんかは今でも大学時代とほとんど同じもの、例えば中島みゆきとフィッシュマンズを延々と聴き続けていたりする。全く進歩がないけれど、飽きないのでしかたがない。

僕にとって中島みゆきは寮のこたつでだらだらと過ごしていた記憶と結びついてい

て、フィッシュマンズは鴨川を歩いていた思い出と結びついている。フィッシュマンズを聴くたびに、音楽を聴きながらふらふらと鴨川を歩いていたときの気分を思い出す。

フィッシュマンズを教えてくれたのは今はもう死んでしまった大学の友人だった。僕がフィッシュマンズを知ったときにはすでにボーカルの佐藤伸治はジョン・レノンと同じように故人になっていてバンドも活動を停止していたけれど、ボーカルの若年での死という事実と夕闇の中でゆらゆらと浮遊し続けるような音楽性とが相まって、彼らの音楽は僕をこの生きづらい現実から抜け出させてどこか遠い彼岸へ連れていってくれるような気がしたのだった。

僕にフィッシュマンズを教えてくれた友人は結局大学を卒業する前に自殺してしまった。僕はなんとか単位を揃えて卒業し、その後、就職・退職・上京などを経て、今は東京でなんとかやっていっている。

東京に出てきてから知り合った年下の友人もフィッシュマンズが好きだった。彼はドラムが叩けたので、一緒にニルヴァーナのコピーバンドをやったりして遊んでいたのだけど、そんな彼も一昨年、ニルヴァーナのボーカルであるカート・コバーンと同じ27歳で死んでしまった。なので、フィッシュマンズみたいな音楽を好きな人は早死にする、ということをどうしても思ってしまう。

大学時代から15年が過ぎ、カート・コバーンが死んだ27歳も佐藤伸治が死んだ33歳も過ぎて、僕はもう38歳になってしまった。けれど、フィッシュマンズを聴くたびに自分はまだ23歳くらいで、何も定まっていないままふわふわと生きているような気持ちになってしまう。

38になってもまだフィッシュマンズを聴いているとは思わなかった。そんなことを考えるたびにこの歌詞を思い出す。

ドアの外で思ったんだ　あと10年たったら
なんでもできそうな気がするって
でもやっぱりそんなのウソさ
やっぱり何も出来ないよ
僕はいつまでも何も出来ないだろう

——フィッシュマンズ "IN THE FLIGHT"

あの頃に比べて自分は何かができるようになったのだろうか？

本質的には今でも自分は二十歳前後の頃と何も変わらないダメ人間だと思う。でも、当時に比べるとなんとかうまく自分のダメさをごまかしながらやっていく術《すべ》を身につけて、だいぶ生きやすくなったとも思う。

でも、それはただの衰退なのかもしれない。感性や欲望や体力や自意識が弱ったせいで、周りとぶつからずに適当に妥協して周囲に合わせて穏やかにやっていくことができるようになっただけかもしれない。

そんな風に生命力がどんどん弱っていけば、そのうち自然にろうそくが燃え尽きるように、執着なくあちら側に行くことができるのだろうか？

わからない。今はまだ全然何もわからないけど、僕はこれからもフィッシュマンズを聴くたびに、そしてユリカモメを見るたびに、京都の鴨川沿いの風景を思い出し続けるだろう。

90万円で熱海に別荘を買った話

「100万円で熱海に別荘が買えるので買おうぜ」とSが言った。

僕とSとHは京都で大学に通っていた頃によく集まっていた仲間だ。大学を出てからもときどき会っていて、その日は新宿あたりで3人で酒を飲んでいた。

Sが言うには、先日熱海に遊びに行ったとき、駅前の不動産屋で売値が100万円と書いてある物件の貼り紙を見つけたらしいのだ。

「何それ、事故物件じゃないの」

「わからん」

「一戸建て？」

「いや、マンションの一室」

「日本は人口が減って地方は過疎化してるからそんなものなのかもね」

「それにしても安すぎないか」

「しかも部屋で温泉が出るらしいぞ」

「おお」

「無限に温泉に入れる」

「これを買えば熱海に行ったときにもう旅館に泊まる必要はないわけだよ」

「すごい」

「いいね」

ちょうどそのとき僕は会社を辞めたばかりのニート状態で、働いていたときの貯金を切り崩しながら、東京や京都のゲストハウスやシェアハウスや友人の家を転々としながら暮らすという生活をしていた。

熱海には行ったことがないのでどんな場所かわからないけれど、住居が不安定な生活をしている者としては、いざというときに住める家があったら安心だ。気に入ったらそこにずっと住んでしまってもいい。これは結構いい話なのではないか。

とりあえずみんなで一度物件の見学に行こうということになった。２００７年のことだった。

熱海駅に着くと、不動産屋のお姉さんが車で物件まで案内してくれた。

熱海駅からは徒歩15分。距離はそんなにないのだけど、物件は山の上のほうにあって、結構キツい坂を登っていかないといけない。

急斜面をぐねぐねと蛇行しながら登っていく坂を抜けると、そのマンションはあった。鉄筋コンクリート造りの4階建て。シンプルな感じの白い建物だ。建てられてからは40年ほど経っているらしい。

売りに出ている部屋は1階にあった。間取りは1DKで、6畳くらいのDKと、6畳の和室がある。どうももともとは管理人室だったのだけど、管理人がいなくなったので売りに出されているということらしい。

小さな部屋だけど、こざっぱりしていて悪い印象はなかった。おばあちゃんが一人で暮らしている団地の部屋、みたいな感じだ。

一人でのんびり滞在するにはこれくらいの広さがあれば十分だろう。ビジネスホテルなどに泊まるよりは格段に広い。

この物件の売りは風呂の蛇口から温泉が出ることだ。つまり、外に出なくても家のお風呂で温泉に入れるのだ。

さすが温泉の街熱海、この街では湧いてくる温泉がパイプで街なかの至るところに送られていて、個人の家でも温泉業者と契約すれば自宅に温泉が引けるのだ。これは素晴らしい。無限に温泉に入りまくれる。

「ここは山の上だから見晴らしがとてもいいんですよ〜。夏は花火も見えますよ！」

と不動産屋のお姉さんが言った。

1階の部屋だけど、急斜面に建っているため隣の家が邪魔になることがなくて、眺めは確かによかった。6畳の和室の窓からは熱海の街を見下ろすように一望できて、街の向こうには青い海が広がっている。こうして見るとよくわかるけれど、熱海というのは山と海に挟まれた狭い街なんだな。

駅から坂を登ってくるのはちょっとだるいけれど、歩くのはまあ運動にもなるし、駅から離れている分だけ静かで緑も多く、眺望も素晴らしい。悪くないかもしれない。

物件の見学が終わったあと、不動産屋のお姉さんに教えてもらったおすすめの温泉に入りながら、3人で相談をした。

「どうする？」

「んー、雰囲気は悪くないんじゃない？」

「建物はちょっと古いな」

「まあ僕はボロくても気にしないけどね」

そもそも僕らが学生時代にたまり場にしていた寮は築50年近い建物だったので、みんなボロい建物には耐性があった。

僕はその学生時代の寮を出てからもずっと、寮のようになんとなく人が集まれる空間をまた作りたいと思っていた。都会は家賃が高いのでなかなか物件を確保するのが大変だけど、こういう地方ならできるかもしれない。

「別荘ってなんかワクワクするところがあるよね」

「買っちゃいますか」

「100万だと、一人あたり33万だな」

「それくらいなら出せる」

「まあ、もうちょっと考えてから決めようか」

「はい」

「しかし温泉はいいね」

その後結局、３人とも「買ってみよう」という意見だったので、購入することになった。

不動産屋に「もうちょっと安くなりませんかね」という話をすると１００万を90万にしてもらえた。

熱海の法務局で手続きを済ませ、一人あたり30万のお金で、僕らは自分たちの城を手に入れたのだった。

物件を購入してから僕は1、2ヶ月に一度、熱海で何日かを過ごすようになった。各地を転々とする放浪生活を送っていた僕としては、一つ固定した拠点を持つことは安心感があるものだった。

なんてことないシンプルな小さな部屋だけど、日当たりや眺望はよく、一人で静かに過ごすにはちょうどよかった。

一日中部屋から海を眺められるのは精神にとてもよかった。外が明るくなったら目を覚まし、本を読んだりパソコンでネットを見たりして、一日に一回は近所を散歩し、スーパーで食べ物を買ってきて、家に帰って調理して食べる。そして自宅の風呂で温泉に入って眠る。熱海にいるときはそんな静かな日々を過ごしていた。

熱海は花火大会に力を入れているらしく、年に十数回も花火大会が開催される。夏は毎週のように花火が上がる感じだ。花火は海上で打ち上げられるのだけど、それを山の上から見下ろすのは、「特等席」という感じがあって最高だった。

使用状況の把握や金銭管理はネット上で行っていたので、直接顔を合わせることはあまりなかったのだけど、SやHも友人を呼んだりしてちょくちょく遊びに来ているようだった。

別荘というものはたまにしか使わないものだから、数人で共有するという形がちょうどいいな、と思った。

別荘を買った翌年の2008年、僕は東京の町田市でシェアハウスを始めることになる。「ネットで知り合った人が集まるようなシェアハウスを作りたい」とブログに書いたら、「部屋が空いてるので貸してもいいよ」という人が現れたので借りることにしたのだった。そうして、普段は町田のシェアハウスで暮らして、たまに熱海の別荘に遊びに行くという生活になった。

別荘を買った時点の僕の暮らしは、できる限り所有物を減らして、持ち物全てがザックに収まるような放浪生活だったのだけど、シェアハウスという固定した家を持つようになると少しずつ持ち物が増えてきた。あと、前から飼ってみたかった猫を飼い始めたこともあって、だんだんと普通に家で過ごす時間が増えてきた。

シェアハウスを始めると、そちらのほうが面白くなってきたというのもあって、少しずつ熱海に行く頻度は減っていった。

最初の1年くらいは熱海の別荘に1、2ヶ月に一度は行っていたのだけど、だんだん3ヶ月に一度、そして半年に一度くらいの頻度になっていった。別荘に感じていた初期のワクワク感がだんだん薄れていったせいもあっただろう。

行く頻度が減ってくると気になるのが維持費用のことだ。

この熱海のマンションでは管理費として毎月1万円を払わないといけないことになっている。それはまあしかたないなと思うのだけど、それとは別に家の風呂で温泉を使うための温泉使用料として、月1万円を追加で払う必要があった。最初は「家でタダで温泉に入りまくれる〜」とかのんきに喜んでいたのだけど、冷静に考えてみると別にタダじゃないし、月1万円は結構高い。

そして、あまり家を使っていなくても電気・水道・ガスの使用料は月々ある程度かかる。さらに、固定資産税、住民税の均等割、別荘等所有税（熱海市にある制度）などの税金も払わないといけない。それらを全て合計すると毎月3万円くらいの維持費用がかかる感じになっていた。

僕らは3人で部屋を共有しているので、一人あたり月1万円ずつを払うことにしていた。年間にすると12万円だ。

年12万かー。しょっちゅう熱海に行くのなら12万は割安かもしれないけれど、あまり行かないと高い気がしてくる。旅行をするにしても、12万あったら1泊1万円の旅館に12泊できるし、ひょっとしたらそっちのほうが良い部屋に泊まって快適な滞在ができるのではないだろうか。

もちろん旅館よりも別荘のほうが、「時間を気にせず好きなだけ滞在できる」とか「友達を自由に泊められる」とかそういう面でよい部分はたくさんあるのだけど。

そんな感じで熱海に行く情熱が少しずつ薄れていきながらも、行かないと元が取れないからなー、本当はちょっと別の場所にも旅行してみたいけど、宿泊費がタダだから熱海に行くか……、みたいな気持ちで半ば義務的に熱海に行くようになっていた頃に、また別の問題が持ち上がってきた。

このマンションはほとんどの人が別荘として使っているため、他の住人と顔を合わせることは少ない。だけどある日、たまたま隣に住んでいる人と会って話してわかったのだけど、このマンションには管理組合が二つあるらしいのだ。

普通は管理組合というのは一つしかない。だけど、このマンションでは内部でいろいろ揉めて管理組合が分裂してしまったらしい。

マンションに引いている温泉の配管やゴミ収集所などはもともとあった管理組合（第一管理組合）が管理しているので、新しくできた管理組合（第二管理組合）の人はそれらを使えなくなってしまったらしい。なんかキナ臭いな……。

隣のおじさんは、その第二管理組合の長らしかった。ちなみに第一管理組合を取り仕切っているのは僕らが物件を売ってもらった不動産屋だ。

「君らが買った部屋はもともと管理人室だったんだよ」と第二管理組合長のおじさんは言った。彼の家は東京にあって、週末などにちょくちょくここに遊びに来ているらしい。

「ああ、そうらしいですね」と僕は答えた。

「だけど、管理人室というのはもともと住人全体に所有権がある共用部分にあたるので、管理組合を仕切ってる不動産屋がそれを勝手に人に売ってしまうのは本来おかしいんだよ」

「えっ、そうなんですか」

「まあ君らは何も知らなかったのでしかたないし、売ってしまったあいつらが悪いんだけど……。あいつらの管理体制はおかしすぎるんだよ……！」

ええ、そんなことになっていたとは……。マンションってそんな面倒臭い問題があるのか……。

「あと、もう一つ相談しておかなければいけないことがあるんだけど」と、ちょっと深刻な顔でおじさんは言った。

「なんでしょうか」

「このマンション、築年数がかなり古いのもあって、上のほうの部屋では雨漏りがしてきてるんだよね。君らの部屋は1階だから大丈夫だと思うけど」

「ええ、そうなんですか」

「うん。だから建物全体で防水の工事をする必要があるんだけど、結構お金がかかりそうで、住人全員からお金を集める必要があるんだよ」

「えっ、いくらくらいですか」

「多分、2000万円くらいになるかな」

「そんなにするんですか……」そんなお金ないぞ、と僕は思った。

「分担額は部屋の広さに応じて決めるから、君らの部屋は狭いほうなので100万円くらい出してくれればいいかなという感じなんだけど」

「100万円ですか……ちょっと考えておきます……」

そんなお金がかかるのか……。物件を一旦買ったらもうずっと家賃を払わず住めるのでお得だー、とか浮かれたことを考えていたけれど、そんな甘い話ではなかったのだ。どうしよう。

とりあえずSとHと集まって対策会議を開いた。その時点で物件を買ってから約3年が過ぎていた。

「という話なんだけど、どうする？」

「んー、今さらあの部屋にさらにお金はかけたくないなあ」

「うん」

「正直、今管理費を月1万払ってるのももったいない感じがしている」

どうやらSもHも最近ではあまり熱海に行かなくなっているらしい。

「このままずっと管理費払い続けるのはだるいなあ」

「もう売っちゃう？」

「でもあんなボロい部屋、今さら売れるかな」

「不動産って築40年経つと資産価値はゼロらしいぞ」

「でもまあ僕らはよくわからずに買っちゃったわけだし、僕らみたいなバカがまた買うんじゃないの？」

「おー……。それはありそう」

「どこかに別荘欲しがってるバカいないかなあ」

次の日僕らは、最初に物件を買った不動産屋に「物件を手放したいのだけど買い取ってもらえないか」と相談をしてみた。そうすると「タダ同然でよければ買い取ります」という返事が来た。

それで十分だ。タダ同然で全然構わない。管理費や修繕費を払う義務から逃れられるならもうなんでもいい。

そうして結局、向こうから提示された「8万円」という金額で元の不動産屋に物件を売却した。8万円は物件の資産価値というよりは、「熱海まで手続きに来ていただいた手間賃みたいなもの」ということらしい。

あの不動産屋は8万円で買い戻した物件を、また僕らみたいなよくわかっていない人に100万円で売るのだろうか。まあそれはどうでもいい。そこから先は僕らの知ったことじゃない。

結局僕らの熱海別荘計画は、約3年間続き、90万円で購入して8万円で売却するという形で終わった。その8万円で熱海の居酒屋に行って、刺身を食べたり酒を飲んだりして打ち上げをした。

まあ振り返ってみれば、一人あたり数十万円の出費で3年のあいだ、物件を好きに使って遊べたので、なかなか悪くない遊びだったと思う。不動産を買うというのも初めてだったのでよい経験になった。

ただ、今から思うと、別荘が欲しいとしても全く物件を買う必要はなくて、賃貸で借りれば十分だった。

僕らは90万円で購入して毎月3万円の維持費を払っていたわけだけど、結局これは頭金90万円で毎月の家賃が3万円の家を借りるのと同じようなものだった。

そう考えると頭金が高すぎる。普通に賃貸の部屋を、初期費用を20万円くらい出して月3、4万円で借りたほうが安くついた。

僕らが買ったような格安物件は「リゾートマンション」と呼ばれていて、熱海や伊豆などの温泉地や、湯沢や苗場などのスキー場の近くにたくさん存在するようだ。どうも、バブル期などに大量に建てられたものが余っているらしい。

僕らが買った90万円よりももっと安い物件はたくさんあって、50万円とか60万円とか、激安のところでは10万円なんてのもある。10万円で不動産が買えるなんて、ちょっとしたパソコンより安い。驚愕《きょうがく》の値段だ。

もちろんこれには罠《わな》があって、購入価格が10万円だとしても、共益費や固定資産税などの毎月の維持費が数万円ずつかかるようになっているのだ。

不動産というのは自ら放棄することができない。つまり、誰かが買い取ってくれなければ、死ぬまでずっと維持費を毎月数万払い続けなければいけないということだ。

要は激安物件というのは、他人に維持費を払う義務を押し付け合おうとする「ババ抜き」みたいなものなのだ。

その後、「自分も別荘を持っている」という何人かの人に会う機会があった。別荘を持った経緯にはいろんなパターンがあって、「突然親が競売で安く買ってきた」とか、「お金が余ってるので軽井沢の別荘を買った」とかそれぞれ事情は違うんだけど、みんなに共通するのは「別荘、行くのが面倒臭くてほとんど使ってないんだよね……」と言っていることだった。

僕の話を含めてこれらの話からわかる教訓としては、

「別荘という単語を聞くとなんかテンションが上がるけど、実際買うとほとんど行かなくなって維持費だけがかかる」

「それでも別荘が欲しいなら、とりあえず賃貸でしばらく借りてみて、通い続けられそうだったら買えばいい」

といったところだろうか。

ただ、別荘を別荘として使うのではなく本気で移住したい場合は、別荘地で安く売っている物件を買うのはありかもしれない。田舎に住むと、地元の人たちとの近所付き合いや地域のしがらみが避けられないものだけど、別荘地ならよそ者ばかりなのでそういったわずらわしさが存在しないからだ。

ただし、リゾートマンションの場合は、「あくまで別荘としての利用に限るもので永住は禁止する」という規約が存在する場合があるので注意が必要だ（ただしこれも法的拘束力があるわけではないので、実際いつの間にか住んじゃう人が多かったりするという話もある）。

なかなかうまい話はないものですね。別荘を買う際はよく調べてから買いましょう。

旅と定住のあいだ

「どこでもいいからどこか遠くへ行きたい」という放浪欲が湧き上がって、ネットで安宿をひたすら検索し続けてしまうときがある。

定住は苦手だ。ずっと同じ場所に住んで同じ道を歩いて同じ日々を送るのはなんかときどきうんざりしてくる。毎日気分次第で違う場所に寝泊まりしてみたい。

よくある論争に「住宅は持ち家と賃貸どちらが得なのか」というものがある。結局どちらが得なのかはケースバイケースで変わってくるものらしいけど、僕は「一つの場所にずっと住むと飽きるし、人生のうちでもっといろんな場所に住んでみたい」という点で、家を持つ気には全くならない。まあそもそも家を買うお金なんてないので迷う必要もないのだけど。

なんとかしていろんな場所を転々と渡り歩きながら安く生活できないものだろうか。

安いビジネスホテルは大体1泊4000円くらいが相場だけど、検索しまくるとキャンペーンなどで3000円くらいで泊まれるところがあったりもする。3000円で個室を夕方から翌朝まで貸し切りにできると考えるとわりと得な気がする。だけど、1泊ならいいけれど、何泊もするとなると結構な金額だ。よく考えてみると、1泊3000円の安宿でも、30泊して月の家賃が9万円のワンルームマンションと考えるとかなり高い。高級住宅だ。

なぜこんなに高くなるのだろうか。

まず、1泊ごとに借りるより1ヶ月まとめて借りたほうがまとめ買いの効果によって安くなるというのがあるだろう。

あと、ホテルにはテレビ、ベッド、冷蔵庫などの家具が備え付けられているし、シーツやガウンを洗濯してくれたりもする。そういった住宅にはないような各種サービスが付いているからというのも理由だろう。

そういうサービスはいらないから、もっと旅と定住の中間くらいな感じで割安に滞在できないものだろうか。

サウナやカプセルホテルだと2000円台で寝泊まりできて大きな風呂にも入れてよい。だけどあまり連続で泊まる人向けではないので、荷物を保管する場所に不自由したりする。1泊か2泊くらいがちょうどいい感じだ。

漫画喫茶も1泊ならいいけれど、何泊かすると居住性の低さが気になってくるし、24時間滞在し続けると値段も嵩《かさ》む。

大阪の新今宮や東京の山谷にあるドヤと呼ばれる安い宿は、もともとは日雇い労働者のための宿泊施設だったけど、最近は旅行者向けの営業に力を入れるところが増えてきている。

新今宮では1泊1000円を切る宿もあるけれど、かなり環境が悪かったりする。1500〜2000円くらい出せばそれなりに綺麗で安心して泊まれる宿を確保できる。もし将来なんらかの理由で逃亡生活を送ることがあったら知っておくと役に立つかもしれない。

バックパッカーなどの旅行者がよく泊まるのはゲストハウスだ。

ゲストハウスは1泊から宿泊できるけれど、長期滞在者向けに1週間単位や1ヶ月単位で借りると割引されるプランがあることが多い。

部屋のタイプとしてはドミトリー（相部屋）と個室があって、ドミトリーのほうが安い。リビング、台所、風呂、トイレなどは共同で使う感じだ。

台所で自炊ができたり洗濯ができたりするなど、ホテルよりゲストハウスのほうが普通に暮らすための設備が整っているので長期滞在に向いている。

ただ、ゲストハウスは観光客が一定以上来る都会や観光地にしかないし、日本だと安いドミトリーでも1泊2500円くらい、1ヶ月で5万円くらいはするので、相部屋でそれだとやっぱりちょっと高いなと思ってしまう。

日本国内で例外的にゲストハウスが安いのは沖縄だ。ドミトリーなら1泊1000円くらいから泊まれたりして、東南アジアと日本の中間くらいの価格設定になっている。

何もかも全てが嫌になって死にたくなったときは、全部放り出して手ぶらで沖縄に行って1ヶ月くらいゲストハウスでごろごろしてみるのもよいのではないだろうか。

1ヶ月以上住むならシェアハウスという選択肢もある。

最近は不動産業者が運営するシェアハウスがたくさん増えてきているけれど、全部契約期間が最低1ヶ月からとなっている。

それは法律上の問題によるものだ。1ヶ月未満の滞在者を宿泊させると旅館や宿泊所と見なされていろいろと営業のハードルが上がるのだ。1ヶ月以上の契約だと住居を貸しているという体裁になって、法律の縛りがゆるむ。法律的には旅と定住の境界線は1ヶ月という地点にあるらしい。

個人が友達を集めて採算度外視でやっているシェアハウスと違って、業者がやっているシェアハウスは値段的には別に安くない。大体、同じ地域のワンルームマンションと同じくらいか、それよりちょっと高いくらいだ。

だとするとシェアハウスに入るメリットはなんなのかというと、初期費用が低く、場所を変えたくなったら気軽に引っ越せるところだ。敷金礼金や不動産仲介手数料や保証人がいらず、生活に必要な家具や家電も備え付けてあるので買わなくていい。着替えの服だけ持ち込めばすぐに暮らせたりする。

マンスリーマンションも同じように使えるのだけど、シェアハウスと違って風呂、トイレ、台所が個室に付いている代わりに結構値段が高い。

そういった理由で、1ヶ月から半年くらい住んでみるにはシェアハウスはよいと思う。だけど、風呂やトイレや台所が共有なのが気になる人もいるだろうし、そういう物件はやっぱりいろいろ家の作りがチープだったりもするし、1年以上住み続けるのなら普通に賃貸住宅を借りたほうがコストパフォーマンスはいいかもしれない。

さらに、もし数十年住み続けるのなら、ローンを組んで持ち家を買ってしまったほうが生活の質としても月々の支払い的にも得なのかもしれない。

だけど、そんな数十年先のことなんてどうなるかわからない。いきなり台湾に住みたくなるかもしれないし、突然山にこもってひたすら炭焼きをしたくなるかもしれない。この先の人生で何が起こるかなんて想像できないし、人生のプランを立てたとしても予定通りに進むとは全く限らない。

と考えると、自分にちょうどいい家はどれなのか全然わからなくなってくるのだけど。

まあ、1泊単位の旅から10年単位の定住まで、その間には無数のグラデーションを持つ暮らし方があって、そしてそのそれぞれの暮らし方に対応するさまざまなタイプの住居がある。

その中をシームレスに動き回りつつ、できるだけ行動の自由と生活のクオリティを確保できたらよいなと思う。

野宿未満

「これでどこにでも住めるぞ」

28歳のときに会社を辞めてまず思ったことがそれだった。

会社を辞めた理由としては「他人と協調しながら働くことがうまくできない」とか「職場で仕事ができない人間で居続けることがしんどい」というのが大きかったのだけど、それと同じくらい嫌だったのが「この会社に勤め続けるならこの先ずっとこの土地に住み続けなければいけない」ということだった。

その土地が特別に嫌いだったわけではないけれど、この地球という複雑な環境にせっかく生まれてきたのだから、もっといろんな土地に住んでみたい。土地の数だけ違う人生があるだろうし、他の場所に行けば自分はもっといきいきとできるかもしれない。この土地の人生しか知らずに死ぬのは嫌だ。

どうやらこの会社でずっと働き続けるとしたら、この土地に住み続けないといけないのはもちろんのこと、それどころか「1ヶ月くらいふらっと別の土地に行って暮らす」みたいなことすら、生きているかもわからない定年後までできないみたいだ。それは不自由すぎる。よし、辞めるならできるだけ早いほうがいい。そんな勢いで辞表を提出したのだった。

退職金と在職中に貯めたお金で1年か2年ほどは生きていけそうだったので、無職になると同時にいろんな場所を移動し続ける生活を始めた。とりあえずアウトドアショップに行って、一番大きい120リットルのザックを買った。生活に必要なものを全部カバン一つに収めて、気分次第でどこにでもふらっと行けるような暮らしに憧れていたのだ。寝る場所があってパソコンがあってインターネットさえつながっていればそこが家だ、それくらいでいいんじゃないだろうか。思えば自分のそれまでの暮らしはいらない物に取り囲まれすぎていた。買ったはいいけれど1年に一度かそれ以下の頻度でしか使わないような物は全て捨てて、残った最低限の物だけを大きなザックに詰めて、旅のような移動生活のような毎日を始めた。

最初は各地のゲストハウスやシェアハウスに数週間から数ヶ月くらいずつ滞在するような生活をしていた。いろんな都市を巡ってネットで知り合った人に会ったりしながら、日記のようなブログを書き続けているだけで楽しかった。

そしてそのうちに、もっといろんな場所に好きなように安く泊まれないものかと思って、野宿を検討し始めるようになった。

結局生活で何に一番お金がかかるかというと住居費なのだ。家を借りるにしろ宿に泊まるにしろ、寝る場所を確保するだけでどんどんお金が減っていく。

どうせ寝る場所にこだわらないのなら、ベンチで寝たり空いている場所にテントを張って寝るのでもいいんじゃないだろうか。そうしたら世界の全てが家になるようなものだ。野宿ができれば一生寝床に困ることはない。自分が寝転べばそこが家だ。

そう思いついたときはワクワクした。だけど、実行に移す前に野宿についてネットで検索したり本を読んだりしてみると、野宿ってそんなによいものでもない、みたいな話がたくさん出てきた。

野宿で星を見ながら眠って小鳥のさえずりで目を覚ますなんてのは幻想で、実際は車のエンジン音や工事現場の騒音などで目が覚めることが多い。街灯は意外と眩《まぶ》しい。

外で寝ていると容赦なく虫に襲われる。そもそも好き勝手にゆっくり眠れるようなスペースが街にはあまりない。街なかでテントを張っているとすぐに通報されて警官に注意されたりする。公園のベンチで寝ていると変な奴に絡まれることもある。

……うーん、現実的に考えるとやっぱりそうだよなあ。僕は小心者なので他人に絡まれたり注意されたりするのは極力避けたいし、そもそも神経質で寝付きが悪いほうなのでそんな不安定な環境でちゃんと眠れる気がしない。

調べた情報を総合すると、どうもテントを堂々と安心して張れる場所というのはキャンプ場くらいしかないみたいだった。だけどキャンプ場というのは自然の多い山奥などにあって、そこに行くための車などの交通手段を持っていないのが問題だ。野宿するためにバスとかでわざわざキャンプ場まで行くのは違うよなあ。

キャンピングカーのことも少し考えた。あれこそまさに「動く家」で、あれを手に入れればどこででも快適な生活が送れるだろう。ただ、僕はそもそも車の運転が苦手なのであまり運転をしたくない。それに都会にいるときは駐車場代がかさみそうだ。あと何より、試しにちょっとそういう放浪生活をしてみたいけれど2週間くらいでうんざりする可能性も高いので、そのために何百万もする車を買うのは避けたい。

それならバイクならどうだろうか。バイクなら車より本体の価格も安いし、駐車代もあまりかからない。僕は車の運転は苦手だけど昔乗っていた原付の運転は特に苦じゃなかった。どうも、苦手かどうかはどこからどこまでが車体かという感覚がつかみやすいかどうかによるみたいだ。バイクにテントや寝袋や飯盒炊爨《はんごうすいさん》セットを積み込んで、全国各地のキャンプ場や海岸や友人の家などを移動し続けるというのはいいかもしれない。そうだ、そうしよう。

そう思い立って、とりあえず暇だったし、京都だと普通自動車免許を持っていれば5万円くらいで二輪免許を取れるようだったので、京都のゲストハウスに泊まりながら2週間くらい教習所に通って二輪免許を取得した。

ただ、免許を取ったのはよいのだけど、その後バイクを買う気にあまりならなかった。バイク屋さんに行ったりカタログを眺めたりしていろんなバイクを検討してみたのだけど、どうも「これが欲しい」という気持ちにならなかったのだ。バイクっていろいろあるけど、ほとんど全部同じに見えて何が違うのかわからなかった。どうも僕は車やバイクなどのメカ関係にあまり興味がないらしい。

そんな風に二輪免許を取ったはいいけどバイクに乗る機会がないまま過ごしている

うちに、東京で自分がシェアハウスを作ることになったり、猫を譲ってもらって飼うことになったりして、また定住に近いような生活を送るようになって、放浪生活のことはうやむやになっていった。

ふたたび放浪のことについて考え始めたのは、バイクをもらったときだった。たまたま知り合いが使わなくなったバイクを手放したいというので譲ってもらうことができたのだ。

もらったのは125ccの原付二種のスクーターで、見た目は50ccの原付とほとんど変わらない。まあ、ごつくて大きいバイクでハイウェイをぶっ飛ばしたりするよりも、小さな原付でタラタラと旅をするほうが自分には合っているような気もする。

これがあれば今までとは違う旅ができるんじゃないか。もう電車やバスなどの公共交通機関の軛《くびき》に縛られることはない。道路が延びているところならどこにだって行くことができるのだ。バイクごとフェリーに乗って北海道や沖縄に行くことだってできてしまう。おー、久しぶりにふらふらと旅に出てみようか、という気分になった。

最初の長距離バイク旅は、東京から和歌山県の新宮市まで行ってみることにした。片道600キロほどの道のりだ。高速道路を使っても11時間くらいかかるのだけど、125ccのバイクは高速に乗れないので下道で行くしかなくて、それだと倍の20時間くらいはかかると見たほうがよいだろうか。まあとりあえず行ってみよう。

意気揚々と出かけたのだけど、わりとこれはキツい旅だった。最初のほうはバイクで山の中や海の側を飛ばすと気持ちよかったけれど、だんだんそれも飽きてくる。運転を楽しんでいられる距離は一日あたり80〜100キロくらいまでだった気がする。だけどモタモタしてると着くまでに1週間くらいかかってしまうので、頑張って一日200キロくらいは距離を稼いだのだけど、1日目の後半には疲れてダレてきたし、さらに2日目と3日目は苦行だった。

一番つらかったのはお尻だ。一日中シートに座りっぱなしのせいでお尻が痛くなってくるのだ。少しでも痛みを軽減しようと、こまめに座り方を変えてお尻のポジションをずらし続けていたのだけど、はたから見ると原付に乗りながらずっとお尻をもぞもぞしている怪しい人にしか見えなかった気がする……。

あと、自分が運転に向いてないなと思ったのは、運転中は意識を飛ばすことができないというところだった。僕はバスや電車に乗っているときや散歩しているときなど、何かぼんやりと考えごとをしているうちに意識がここ以外のどこかに行ってしまって現実世界のことを忘れてしまう瞬間がとても好きなのだけど、運転中はそんなことをやっている余裕はない。路上では1秒間意識を飛ばすだけで余裕で死ねる。なので、うかうかしているとどこかに行ってしまいがちな意識を常に引っ張り続けて今ここに保っておかなければいけなくて、これが予想外にストレスだった。

バイクは車と違って暑さや寒さや雨や風の影響を直接受けるので体力や気力の消耗が大きい。その上、僕はもともと体力がないことには自信があるほうなので、運転をしているとすぐに疲れてしまって、1時間ごとくらいにコンビニや公園などで小休止をしていた。そのせいで道のりはなかなか進まなかった。

道中の泊まる場所については、もし元気があったらどこかにテントを張って泊まってみようかと思ってテントや寝袋をバイクに積んでいたのだけど、走り始めてみるとそんな余裕はないことがわかった。夜くらいはちゃんとした部屋で布団で眠って体力を回復させないと、走ってる途中でふらふら事故って死んでしまいそうだ。結局全部ビジネスホテルに泊まった。

そんなこんなで3日間かけてなんとか新宮まで辿り着いたのだけど、バイク旅の感想としては、楽しくて爽快な時間が20パーセント、つらい時間が60パーセント、その他が20パーセントくらいの割合だった。復路はバイクで帰る元気はなくて、そのままバイクは置きっぱなしにしてしまった（半年後くらいに電車で取りに行った）。

なかなかバイク旅も難しいものだ。僕は基本的に体力がない小心者なので、野宿やキャンプやツーリングなどのハード系のアウトドア旅は向いていないのかもしれない。やっぱり都会で自転車に乗ってうろちょろしてるくらいがちょうどいいのだろうか。しかし心残りなのは、昔野宿に憧れていた頃に買ったテントを一回も使っていないことだった。もったいないしせっかくだから一度くらい使ってみたい。あんまり遠くじゃなくて気軽に行けるところならそんなに無理せずに楽しめるんじゃないか。

検索してみると、家から一番近いキャンプ場は東京湾にあった。バイクなら30分くらいで行ける。ここに行ってみるか。ウェブサイトから予約をした。一人でテントで1泊する料金は600円だった。

テントなどの野宿セットを荷台にくくりつけて、一人でバイクに乗ってキャンプ場に向かう。片道30分の道のりであっけないほどすぐに着いた。キャンプ場は海沿いの埋立地の公園といった感じの場所で、家族連れがたくさんいて賑わっていた。

早速テントを広げて自分の寝床を作る。最近のテントはよくできていて、一人でも簡単に一瞬で組み立てることができた。すごい、便利だ。だけど、テントを張ってしまうとあとはやることがなくて暇だった。家族連れがボールで遊んだりしているのを横目で見つつ、持ってきた文庫本を読んだりスマホでネットを見たりした。

やがて日が沈んできて、お腹も空いてきたので夕食を作ることにした。アウトドア用のガスボンベにバーナーを取り付け、コッヘルに水と米を入れてご飯を炊いた。鯖《さば》か何かの缶詰を二つ開けて、米と一緒に食べた。

夕食を食べるとまたすることがなくなってしまった。火でも燃やせたら間がもちそうなのだけど焚《た》き火は禁止らしい。しかたないのであたりをぶらぶら散歩してみる。海沿いには釣り人がたくさんいた。何か釣れるのだろうか。海の向こうには東京の夜景が遠くに見えて綺麗だった。空港が近いので、頻繁に飛行機が空の低いところを轟音を立てて通り過ぎていった。

朝になって目を覚まし、テントを畳んでバイクに乗ってまた家に帰った。初めての一人キャンプは、楽しかったといえば楽しかったけど、ものすごく楽しかった、というほどではないな。またやるかどうかは微妙だ。まあ一度体験できたのはよかった。いい経験になった。

結局それっきり、テントや寝袋などの野宿セットは何年も収納スペースの奥にしまいっぱなしになっている。

小笠原諸島で何もしなかった

島というものに昔から漠然とした憧れがあった。

もともと海が好きで、と言っても泳ぐのとか潜るのが好きなわけではなく、ただ岸辺からぼーっと海を眺めているのが好きなのだけど、島というのは360度全ての方向を海に囲まれているわけで、これは海が好きな人間にとっては垂涎《すいぜん》の環境なのではないか、と思っていた。

あと、島という環境の特殊性にも興味があった。島にはどんな生物がいて、島に住んでいる人はどんな生活をしているのだろうか。大量の水によって他の土地と隔てられたクローズドワールドの中では、本土にないような独自の生態系や文化が発達していたりして、見たことのない木や家があったりするのだろうか。そんな感じのぼんやりとした憧れを持っていた。

最初に一人で島に行ったのは香川県の直島《なおしま》だった。

直島というのは瀬戸内海に浮かぶ小さな島なのだけど、ベネッセが島全体をアートの島としてプロデュースしていることで有名だ。島のあちこちにアート作品が展示されていたり、地中美術館という安藤忠雄が設計した大きな美術館があったりする。

だけど僕はアートにはあまり興味がなかったので、ほとんどの観光客が行くという地中美術館にも行かず、アート作品もあまり見なかった。ただどこでもいいから島に来たかっただけなのだ。

アートに興味がないのになぜ直島に行ったかというと、観光客が多い島だと自分が目立たないと思ったからだ。

一人で特に観光地でもない島に行った場合、よそものが他に全然いなくてすごく目立ってしまって、地元の人たちに「こんな何もない島に一人で何しに来たんだろ」とか「自殺や犯罪をするつもりじゃないだろうか」みたいな目で見られるんじゃないかというのが怖かったのだ。直島なら「あ、僕アート好きなんでアート見に来たんですよ」という顔をしていれば一人旅でも不審がられない。大きいカメラをぶら下げて旅をすると「写真を撮りに来た人なんだな」と思われて、辺鄙《へんぴ》な場所で一人旅をしていても不審者感が薄れるというテクニックと同じだ。あと、観光客が多い場所なら宿や食堂がそれなりにあって便利だというのもある。

直島で美術館にも行かず何をしていたかというと、レンタルの自転車を借りて島を一周したりしていた。確か1時間ちょっとで一周できたはずだ。海沿いの道を、左手にずっと海を見ながらひたすら自転車を漕《こ》ぎ続けるのは爽快だった。あと、うどん屋さんでうどんを食べたら美味しかった。

次に行ったのは小笠原諸島の父島だった。

小笠原諸島は一応行政区分としては東京都に属するのだけど、日本本土から南に1000キロくらい離れた地点にある絶海の孤島のような場所だ。緯度的には大体沖縄と同じくらい南にある。島には空港がないためフェリーでしか行けないのだけど、片道約24時間もかかるというとても行きにくい場所だ。

なんでそんな場所に行こうかと思ったかというと、小笠原諸島に行くちょっと変わったツアーがネットで話題になっていたのを見たからだった。

そのツアーの趣旨は「小笠原諸島に24泊25日（船中2泊3日を含む）、ただし途中で帰れません」というものだ。どういうことかというと、小笠原諸島には普段は週に一度東京から「おがさわら丸」というフェリーが出ているのだけど、年に一度だけフェリーのメンテナンスがあって、メンテナンス期間の3週間は島に行き来する便が全くなくなってしまうのだ。

そこでその島から出られない3週間、島に滞在してみませんか。往復のフェリー代と宿泊費をセットで安くします。というのがツアーの趣旨だった。

ツアー代は10万円ちょっとだった。宿泊費込みで3週間の旅行で10万円ちょっとというのは結構お得な感じじゃないだろうか。こんな機会でもないと小笠原諸島まで行くことはなさそうだし、一度離島の生活を体験してみたかった。3週間島から出られないというのもちょっと推理小説ぽくてワクワクする。あと、その期間は冬だったのだけど、僕は寒いのが苦手なので本土の冬の寒さを避けて亜熱帯でしばらく過ごせるというだけでも魅力的だった。

さらに、長時間フェリーで移動するというのにも憧れがあった。僕は鈍行列車とか高速バスとかだらだらゆっくり移動しながら旅ができる乗り物が好きなのだけど、フェリーというのはだらだら系の乗り物の中でも最高峰のものだと思う。

なんと言っても食事中も睡眠中もひたすら移動し続けられるのだ。フェリーというちょっとしたビル並みの巨大な建造物の中で、起きて寝てごはんを食べてシャワーを浴びて本を読んでぶらぶら歩き回るという全ての人間活動が行われ、その巨大建造物が丸ごとそのまま波をかき分けながら目的地へと進んでいくのだ。こんな豪快なことはない。

そう考えるとこれはもう行くしかないだろうという気分になってきて、ポチッとツアーに申し込みをしたのだった。


大きめのザックに3週間分の生活用品を詰め込んで、東京の竹芝桟橋から船に乗り込み出航する。狭い東京湾を抜け出すと360度どちらを向いても海になる。幸いなことに天気もよく、甲板に出るとそこには太陽と海と風があふれていた。

これは最高に気持ちいいな。という感じで出航してすぐはかなりテンションが上がったのだけど、ざっと船の中を一通り見回って海を眺めるのも一段落すると、わりとすぐに飽きてきた。海の上は景色もいいし気持ちいいのだけど、いくら進んでもひたすら海しか見えなくて単調なのだ。やっぱり24時間もフェリーに乗るのは長いな。フェリーは4時間くらいがちょうどいいかもしれない。というわけでフェリーに興奮していたのは最初の1時間くらいで、そのあとはだらだらと2等船室（一番安い雑魚寝《ざこね》の部屋）で寝転んで本を読んだりしていた。

やがて夜になって、船の中で眠って起きてしばらくすると小笠原諸島の父島に着いていた。船から港に降り立ち、割り当てられた宿に徒歩で向かう。そこは普通のワンルームマンションみたいな部屋だった。ここでこれから22日間を過ごすのだ。

結局僕は小笠原諸島に滞在中、大したことは何もしなかった。小笠原諸島に旅行で来る人というのは大体、海が綺麗なのでダイビングをするか、もしくは父島の隣にある自然が豊かな母島という島に渡って山や海を歩き回るエコツアーに参加したりするのだけど、僕はどちらもしなかった。そういうのはお金がかかるし面倒臭いし、そもそもそういうことをしに来たわけじゃない。僕はひたすら「何もしない」をしたくて小笠原まで来たのだ。

大体毎日適当な時間に起きて、持っていったパソコンでインターネットを見て、外をぶらぶら散歩して、スーパーで食べ物を買って料理を作って食べて、海を見たり本を読んだりして、夜になったら寝る、といった普段と変わらない生活をひたすら送った。こういう機会でもないと読まなそうな三島由紀夫の『豊饒の海』という全4巻の長い小説を読んだらすごく面白かったのが今でも印象に残っている。

島については、僕が離島というものに特殊な幻想を抱きすぎていたのだろうけど、「予想よりも普通に生活できるな」「予想よりも普通に日本だな」という印象だった。普通にネットもつながるしテレビも映る。スーパーに行けば米や肉や野菜が買える。自動販売機には普段見慣れたペットボトルのお茶や缶コーヒーが並んでいる。街に並ぶ民家も本土にあるのとそんなに変わらない普通の家だ。神社も交番も学校も普通にあるし、道路はよく整備されていて見慣れた信号や交通標識が立ち並んでいる。ときどきアロエや椰子《やし》みたいな亜熱帯ぽい植物が生えていたり、野生化したヤギ（駆除対象になっている）がたくさんいるのとかは珍しかったけど、そういう目新しいものより見慣れたもののほうが多かった。

まあそもそも異文化を見たいのなら外国にでも行くべきだし、こんな本土から1000キロ離れた島でも普通に日本的な生活ができるインフラが整えられているということに感心するべきところだろう。これが国家というものの力か、と思った。

地図で小笠原諸島を見ると、日本列島から地理的にかなり離れているということを意識せざるを得ない。その離れ具合を見ると、何かちょっと歴史が違ったらここは日本の統治下になかった可能性もあるかもしれない、という想像をしてしまう。

実際に、日本の一部としての小笠原諸島の歴史というのはあまり長くない。日本人が小笠原諸島に住み始めたのは幕末・明治の頃からなので、せいぜい150年ほどの歴史しかない。

太平洋戦争中は南方進出の拠点として軍の基地が置かれていた（今でも自衛隊の駐屯地がある）。敗戦後は沖縄や奄美のようにアメリカの占領地となり、アメリカから日本に返還されたのは1968年のことだ。

もし小笠原諸島がもっと南にあってサイパンの近くにあったら今頃サイパンと同じようにアメリカ領だったかもしれないし、もっと南西のフィリピンの近くにあって昔からフィリピン人が住んでいたらフィリピン領だったかもしれない。

そうしたら今頃この島の風景は全然違う感じになっていただろう。海や山や動植物は同じだろうけど、街の建物や人々が話す言葉や看板の文字は全然違うものになっていたはずだ。

たまたま小笠原諸島は、さまざまな歴史的経緯や地理的状況の結果として、政治的にも経済的にも恵まれた状況にあった日本の、その中でも一番お金のある東京都の管轄下にあって、そのおかげで人口が少ない絶海の孤島なのにもかかわらず、きちんと舗装された道路や綺麗な公衆トイレが設置されている。ここがもしフィリピンの果てにある離島だったなら、もっとインフラが整ってなくて生活に苦労していただろう。ありがたいことだ、と思いながら毎日綺麗な公衆トイレで用を足していた。

そんな風に小笠原諸島で僕は単に普通の生活をしていたのだけど、そうすると「生活ってそれ自体は島でもそうでなくてもあまり変わらないんじゃないか」ということを思うようになった。思えば普段生活しているときでも、仕事でもなければそんなに隣の街とかに行かないものだ。どうせ自分の街から離れないのなら、街の外が海で囲まれていても囲まれていなくてもあまり関係ない。

問題になる点としては、島の生活はちょっと週末にどこか遊びに行きたいときなどに行く場所がなかったりするだろうし、買い物は今はネットでなんでも買えるけれど、離島だと送料が高くなるというのが結構不便そうだと思った。

ただ、自分のように一時的な旅行者として滞在する分には、その不便さや外界との隔絶感はわりと居心地のよいものだった。いつもと同じネットやテレビを見ていても、本土で起こるニュースやイベントは自分にはあまり関係ない遠くのものとして聞こえてきた。生活の内容は普段と変わってなかったけれど、家から1000キロも離れて海で隔てられているという物理的環境のおかげで、自分のいつも暮らしている世界を客観的な醒めた視点から見直すことができる感じがしたのだ。自分が旅というものに求めているのは、普段と違う環境に身を置くことによって自分の普段の暮らしを相対化することなので、それで十分だった。

この文章を書くにあたって久しぶりに小笠原で撮った写真を見返してみたのだけど、その中に海に沈む夕陽の写真があった。このとき、「この夕陽はものすごく綺麗で今すごく感動していて、この気持ちをずっと忘れずに生きていきたいけれど、でも多分そのうち忘れるんだろうな」と考えたことを覚えている。実際に今写真を見ても、夕陽なんてものは写真では実物の1万分の1くらいしかよさが伝わらないものだから、当時の感動をほとんど思い出すことができない。でもそれはそういうものなのでしかたがない。

小笠原では大して特別なことを何もしなかったせいか、3週間もいたのにあまりはっきりとした記憶が残っていない。でも、それは一概に悪いことでもないのだと思う。覚えてなかったとしても毎日海辺の砂浜で海を見ながら冬の亜熱帯の暖かな日射しを浴びてぼんやりと過ごした時間は絶対によいものだったはずだし、特に何も問題がなくて心が静かで穏やかな時間を過ごせたからこそ取り立てて記憶に残っていないのだろうと思うからだ。

旅の経験をできるだけあとに残そうとして、記念写真を山ほど撮ったり印象に残るような観光ツアーを詰め込んだりするのはあまり好きじゃない。忘れないものや物質としてあとに残るものしか意味がないという考えはつまらないし、そういう考えを突き詰めると、人間はどうせ死んで全てはなくなるから何をしても無駄、というところに行き着くんじゃないかと思ったりする。

これからもたくさん面白いことをしてたくさん忘れながら、「あんまり細かいことは覚えてないけどなんかいろいろいい感じだった気がする」くらいの気分でずっと生きていけたらいいなと思う。

昔住んでた場所に行ってみる

引っ越しをするのが結構好きで、2、3年に一度くらい引っ越しをしているのだけど、その原因は自分が同じ場所で生活し続けるのにすぐ飽きてしまう性質だからだと思う。

大体同じ場所に半年以上住んでいると、「うおおお、この家はつらい、こんなとこに住んでるからいろいろうまくいかないんだ、やっぱり前に住んでいた家のほうがよかった、引っ越したい……」という気分にいつもなってくるのだ。

それで別の場所に引っ越すと「引っ越してよかった！」と最初は思うのだけど、その状態も半年くらいしかもたなくて、しばらくするとまた「うおおお、引っ越したい……」が始まる。

そういう場合の「この家やこの場所はだめだ」という気持ちが思い込みや勘違いだ

というのはもう長年の経験でわかっている。

大体どんなに嫌になって引っ越した場所でも、引っ越したあとでは「あそこはそんなに悪い場所じゃなかったな。いや、結構よい場所だったのでは」と思い出すからだ。

昔住んでいた大阪も京都も町田も日本橋も練馬も、今はどれもわりと懐かしくよい場所だったなと思うけれど、住んでいる当時はすごくその場所が嫌で一刻も早く引っ越したくて、人生がうまくいかないのは全てその土地のせいだ、くらいに思っていた。

どんな場所も、引っ越すと懐かしく思える。だから昔住んでいた場所に行くのは好きだ。

昔住んでいた家の近くに用もなく行って、昔よく行った店に行ったり、昔よく歩いた道をぶらぶらするのは楽しい。歩いていると住んでいたその当時の記憶がいろいろと蘇ってくる。

昔よく行った公園や喫茶店でぼーっとしていると、一瞬自分はまだここに住んでるんじゃないかという気分になってきたりする。でも、すぐに自分はもう別の場所に住んでるのだということを思い出す。

でもやっぱりちょっと気を抜くと、いつの間にか前の家に帰る道を歩いていたりする。だめだ。そこにはもう帰る家はないのに。もうあの場所は失われてしまったのだ。わざとそんなことを考えてちょっと寂しい気分になってみるのが好きだ。

昔の記憶が蘇るという点で、一番恐ろしいのは生まれてから18歳までを過ごした実家だ。

実家の布団に横たわって昔よく見た天井を見上げていると、18歳で実家を出てそのあといろいろあって今に至ったというのは全部夢か妄想で、実は自分はまだ中学生くらいで今もずっと実家に住んでいるのではないかという想像に囚われてしまう。

それは嫌だ。またあんな暗い頃に戻るなんて。あの自意識ばかりが過剰で、友達もおらず人生の先行きが全く見えなかった頃に戻るなんて。

若い頃になんて戻りたくない。実家を出たあと、失恋して号泣しながら自転車で全力疾走したり、自分を振った相手に長文の気持ち悪いメールを送ったり、稚拙な小説を書いて得意気に人に見せたり、ネットに匿名で下衆《げす》な書き込みをしたのが友達にバレたり、あんな恥ずかしいことをまたこれから体験しなおさなくてはいけないなんて、嫌だ。

起き上がって鏡に向かい、どう見ても10代ではない自分の老けた顔を見て、今までの年月が全て妄想ではなく現実であったことを確認して安心したりするのだ。
心臓に悪いので実家にはできるだけ泊まらないようにしている。

京都には世界の全てがあった

京都に住んでいたときは終電なんて気にしたことがなかった。

自転車や徒歩でほとんどの場所に移動できたからだ。

今は東京に住んでいるのだけど、都市の規模や構造としては京都くらいがちょうどよかったな、ということをよく思う。

京都はそれなりに人口の多い都会なので、必要な店などは大体なんでも揃っていて不便はない。そのわりには規模が大きすぎず、土地が平坦《へいたん》で道路が碁盤の目状に交差していてわかりやすくて、自転車で移動するのがとても便利だった。

東京はなんでもあって面白いのだけど、ちょっと大きすぎるし人が多すぎる。

首都圏の交通網は発達していて電車でどこにでも行けて便利だ。でも、結局どこに行くにも電車を乗り継いで30分から1時間くらいかかってしまって、移動が結構面倒臭い。

人が多いので電車も混んでいてあまり乗りたくないし、そうすると結局自分の家の近く以外にあまり行かなくなってしまう。同じ東京に住んでいる友達でも沿線が違うとおっくうになってあまり会わなくなる。自転車で気軽に友達に会いに行けた京都が懐かしい。

あと、東京は道が複雑で坂や車の数も多いので、自転車で動くにはあまり向いていないように思う。

そう考えると、京都より東京のほうが大きい都市だけど、京都にいた頃のほうが都市全体を広々と活用できていた気がする。京都が一つの都市だとすると、東京はたくさんの都市の集合体という感じがある。

京都のよいところは、街がコンパクトにまとまっていて動きやすいだけでなく、文化的にとても充実しているところだ。

観光的によくイメージされるのは「神社仏閣」「歴史遺産」「伝統工芸」だが、現代的な美術展やライブなども開催される。買い物をする商業施設は一通り揃っているし、良いカフェやレストランもたくさんある。

京都という街は、現代的な都市としての面と、千年以上の歴史や伝統の蓄積と、数年ごとに入れ替わる大学生たちと、世界中からやってくる旅行者や移住者などといった、さまざまな速度の時間の流れや人がミックスされ渾然《こんぜん》一体となっていて、それがすごく面白い。

そして、それらの全てが徒歩や自転車で気軽にアクセスできる距離にあるということが何より重要だ。

世の中には「わざわざ遠くまで出かけて行くほどじゃないけど、近くでやってるならちょっと寄ってみようか」と思うものがたくさんある。

僕は京都で過ごした学生時代に、周辺にあるさまざまな文化になんとなく触れて「へー、こんなものもあるのか、悪くないな」と気づくことが多かった。

学生時代は、左京区南部の東山丸太町のあたりにある学生寮に住んでいた。

ある日いつものように寮で同世代の数人とだらだら過ごしていると、遊び慣れててモテそうな感じの先輩に声をかけられた。

「自分ら、暇やったらクラブに行ってみいひん？」

その頃の僕にとってクラブというものは、ゴツい人がいっぱいいるとか、チャラい人がいっぱいいるとかいうイメージで、怖くて近寄りにくい場所だった。そもそもダンスなんてできないしやったことないし、クラブに行っても何をすればいいかわからない。

なので「えー……」と渋ったのだけど、先輩に「まあまあまあ、奢《おご》るし、社会勉強やと思って」とか言われて、徒歩3分くらいの近所にあるクラブ「メトロ」に連れて行ってもらったのだった。

初めて行ったクラブは、薄暗くて大音量で音楽が流れていたけれど、思ったほど怖くはなくて、みんな踊ったり踊らなかったりお酒を飲んだりまったりしていたりと、わりと適当に過ごしていてもいい場所だった。

踊るのって、ちゃんと上手にダンスをできないといけないのかと思っていたけれど、別に音楽に合わせて適当に体を揺らしているだけでいいようだった。

まあそのときはやっぱり人前で体を動かすのが恥ずかしくて、連れてこられた僕ら男3人は透明のプラスチックのコップに入ったお酒を片手に持って壁際でぼーっと突っ立ったまま、先輩がフロアの中央で女の子の視線を集めながら派手に踊っているのを眺めていた記憶があるのだけど。

そのときはクラブが楽しいのかどうかもよくわからなかったけど、最初にあった怖いイメージはなくなって、結局そのあとも何回かメトロには遊びに行った。

今思うとそんなにクラブが好きなわけでもなかったんだけど、それでも何回か行ったのは、「そういう場所に行き慣れてるとカッコいいかも」という若者特有の背伸びと、あとは、そんなに気合いを入れなくてもなんとなくふらっと行けて、飽きたらすぐに帰れるというくらい近い場所にあったからだ。

メトロは結構有名なミュージシャンとかも来たりする場所なのだけど、立地としては駅の側ではあるものの、他に繁華街的なものは何もない住宅地の中にある。

京都では平凡な街なかのひょんなところに、東京だったら渋谷とか下北沢とかに行かなければないような、クオリティの高いカフェや本屋やクラブなどの文化的な店があるということが結構あったように思う。

そんな風に京都では、「それほど興味があったわけじゃないけど近くだったから行ってみた」というくらいの温度でいろんな文化との出合いがあった。
演劇なども別にそんなに好きでもないのだけど、家の近くで数百円や千円くらいで見られる機会が多かったのでときどき見た。
お寺なども別に興味がなかったけど、無料で入れるのでふらっと立ち寄ってみて、「意外とカッコイイやん」とか思ったりした。
他にも、
散歩のついでになんとなく美術館に寄ってみたり、
数百円の拝観料を払って日本庭園の中を歩いてみたり、
琵琶湖疏水《びわこそすい》に沿って歩きながら桜や紅葉を見たり、
東大路《ひがしおおじ》通りで山伏の集団を目撃したり、
深夜のからふね屋珈琲で試験勉強をしたり、
吉田寮食堂で友達が出ている芝居を見たり、
西部講堂でROVOのライブを見たり、
百万遍の安い飲み屋で抽象的な議論をしたり、
鴨川で鴨や鷺《さぎ》や鳶《とんび》やときには鹿を見たり、

高野川と賀茂川が合流する出町柳のデルタでピザを食べながらビールを飲んだり、
賀茂川の河原でジャンベを叩いて遊んだり、
糺《ただす》の森の古本市をぶらぶら見て回ったり、
京都御所の玉砂利をじゃりじゃり踏みながら「今年の暑さは異常だ」とか思ったり、
少し前に火事で燃えてしまったほんやら洞の2階でコーヒーを飲みながら何時間も本を読んだり、
町家をリノベーションしたお洒落なカフェで場違い感を覚えたり、
河原町三条の路上で限りなくゆっくりと動く舞踏家の踊りを見たり、
木屋町の狭くて薄暗いバーでラム酒を飲んだり、
京阪電車に乗りながらくるりを聴いたり、
一乗寺の恵文社でいろんな本の背表紙を眺めるだけ眺めて何も買わなかったり、
他の店より特別にスープが濃いという天下一品の総本店に行ってみたり、
女の子と一緒に銀閣寺の近くを歩いていたら観光客と間違えられて人力車の俥夫《しゃふ》に声をかけられたり、
大文字山に登って、「大」の字のところから京都盆地を見下ろして、「なんて小さな

街なんだ」と思ってみたり、

そうしたものの全てが、徒歩や自転車で行ける範囲にあった。

それはとても豊かな日々で、そんな日々が僕の中にたくさんの「文化的ひきだし」を作ってくれたと思う。

もしきみが幸運にも
青年時代にパリに住んだとすれば
きみが残りの人生をどこで過そうとも
パリはきみについてまわる
なぜならパリは
移動祝祭日だからだ

——アーネスト・ヘミングウェイ著、福田陸太郎訳『移動祝祭日』（岩波書店）より

ヘミングウェイがこんなことを書いていたらしい。

この感覚はすごくよくわかる。僕にとっては京都がそういう場所だったからだ。

多分この先僕は世界のどこに住んでも、その場所を京都と比べたり、その場所に京都と通じるものを見出したりしながら、ずっと暮らしていくのだろうと思う。

東京・上野

去年サウナのよさに目覚めてから、すっかりサウナ通いが趣味になった。

今僕が住んでいるシェアハウスのある上野近辺はサウナが多いので、いろんなサウナを毎週のように巡っている。

上野のサウナのよいところは、雰囲気が微妙にひなびてくすんでいるところだ。これが新宿歌舞伎町のサウナだったりすると、いかにもホストっぽい人や、がっちりした体に金のネックレスをつけているカタギじゃなさそうな人などがいて、なんかギラギラした感じがあって少し落ち着かないのだけど、上野だと脂が抜けてくたびれた感じのおっさんや爺さんばかりなので安心して脱力することができる。

上野の街が好きなのも同じような理由だ。渋谷や六本木は綺麗なビルやキラキラした若者が多くて疲れてしまう。同じ繁華街でも、どこか昭和の雰囲気を残していて、古い建物がゴチャゴチャしている上野のような街のほうが僕は好きだ。

このあたりが好きなのは自分が育った関西に似ているというのもあるかもしれない。上野の猥雑で活気のあるところは大阪っぽい感じがするし、上野から浅草にかけての一帯は、道路が碁盤の目状に走っているのとお寺が多いのとで京都の街を思い出させる。

上野公園やアメ横や合羽橋道具街や浅草六区など、上野・浅草近辺をぶらぶら歩くのも好きだ。

このあたりは最近は外国人観光客が本当に多く、歩いているとあちこちからさまざまな言語が聞こえてくる。そんな多国籍な雰囲気は嫌いじゃない。

僕みたいにいい年してるくせに定職につかず家族も作らずふらふら生きているような人間は、日本社会の中では変に思われたり白い目で見られたりすることが多い。

そうしたいわゆる「普通」から外れた人間が息苦しさを感じる理由の一つは、日本社会が基本的に単一民族で、同じ人種ばかりが住んでて多様性が少ないせいだと思っている。みんな見た目が同じだから、「みんな普通に同じようなことが当たり前にできるはずだ」みたいな思い込みを無自覚に持ちやすくて、「普通」をみんなに押し付けるということが起こりやすいのではないだろうか。

だから、もっといろんな国のいろんな人間が日本にやってきて、多様性が上がってグチャグチャな感じになったらいい。そうしたら日本的な「普通」の概念が少し揺らいで、僕みたいな人間は生きやすくなるんじゃないかと思う。

仕事を辞めてふらふらした生活を始めてから、地方や郊外や田舎や山奥などいろんな場所に滞在してみたけれど、結局自分たちみたいな真っ当に生きられない人間が真っ当に生きられない人間のままで暮らせる場所は東京しかないのかもしれない、ということを最近よく考えている。

その理由は主に二つで、「人口が多いので自分と同じようなマイノリティの仲間を探しやすい」というのと、「人口が多いのでどこかでトラブルを起こしても他のコミュニティに逃げやすい」ということだ。

京都や大阪のような地方都市でもある程度はそういう生きやすさがあるけれど、その効果は東京に比べれば10分の1くらいだと感じる。

やはり東京圏の人口の多さは偉大なのだ。僕は人混みが苦手で東京の街を歩くたびに「人多すぎだろ」って思って疲れてしまうのだけど、その人の多さが自分を守ってくれるところもあるのは認めざるを得ない。

そして東京に引っ越してきてからもいろいろな場所に住んだけれど、この上野・浅草を含む台東区あたりが自分たちに一番合っているような気がする。東京の西側のほうなんかは住宅地やベッドタウンが広がっているのだけど、そのあたりの街はファミリー向けな感じが強くて落ち着かなかった。要は、まともに会社に勤めて家庭を作って子供を育てて生きていく人たちのための街だ。自分たちのような世間から見ると何をやっているかわからない人間がシェアハウスをやったり平日の昼間からふらふらしているとすぐに通報されそうな雰囲気がある。台東区のような東京の東側の、古くからの繁華街だったり下町だったり商店が多かったりするエリアのほうが、ふらふらしている人間に対する許容度が若干大きいということを感じる。漫画で言うと永遠のモラトリアム人間である『こち亀』の両津勘吉が行動範囲にしているエリアだ。

台東区は東京23区の中でもっとも面積が狭く、もっとも平均年齢が高く、もっとも自営業者率が高い区だ。このあたりは古くからの職人や商店や卸問屋が多い街として知られている。

つまり、会社員のファミリーのような世帯は、いないわけじゃないけど他のエリアほどは多くなくて、街全体にそういった層の圧力が少ない。一人でサッと食事をできる店なども多くて単身者でも暮らしやすい。

また、台東区は生活保護受給率がトップの区でもある。これはドヤ街として有名な山谷を抱えているからだ。

僕らの仲間にも、ホームレスやシェアハウスの居候を経て、精神を病んで病院に通いつつ、山谷のドヤに住んで生活保護をもらっている奴がいる。彼が山谷に行ったのは、生活保護を受けるためには個室の住居が必要だからだ。

大体日本の制度というのは家族を生活の基本単位として考えているので、生活保護も個人単位ではなく世帯単位で支給される。そして、同じ家に住んでいると一つの世帯と見なされてしまう。つまり、個室で区切られていないシェアハウスでは全員が一つの世帯と扱われてしまい、そのうちの誰か一人でも収入があると生活保護が受けられないのだ。

ドヤの居室は3畳一間という劣悪な環境だけど、個室として区切られているため生活保護支給対象の単位となる。山谷のドヤ街はかつては日雇い労働者の集まる街として名を馳せたが、今は高齢化が進み、すっかり生活保護受給者たちの街となってしまっている。

山谷以外にも、上野・浅草周辺のエリアには、社会の主流から外れたマイノリティが集まる街が、作られてきたという歴史的背景がある。

都市というものは必ず多様性や混沌を含むもので、この土地は古くからそうしたものを抱え込んできた。

会社や家庭などといった社会の主流の枠組みに適応できない自分たちのような人間には、そんな土地が一番居心地がいいのかもしれないと思ったりする。

僕は今、上野近くの古いビルをシェアハウスにして暮らしているのだけど、その家に集まっているのは、大体みんな会社に勤めたり家族を作ったりすることができない偏った人間ばかりだ。

自分も含めてそういった、いわゆる「普通」の暮らしをするとおかしくなってしまうような人間は社会に一定数いるのだろう。厄介なことに、そんな人間でも死ぬまでは社会のどこかで生きていかないといけない。だから、自分が暮らしていくために、また自分の交流の場として、自分と同じような人間が集まる場を作ってみよう、と思ってシェアハウスをやっている。

世間的に見ると劣悪で底辺な住環境で、コミュニケーション能力が欠如した人間たちがわけがわからないことを早口で話し続け、日中から怪しい人物が多数出入りしては突然楽器を鳴らしたり燻製を作ったり壁をハンマーで壊したりする、というような胡散臭い生活を送っているのだけど、ここに来る前の無理して社会に合わせて生きようとしていた頃に比べると、みんなそれなりに楽しそうにやっているように見える。

長生きはできないかもしれないけど、まあそれはそれでしかたないんじゃないだろうか。僕らにはこんな風に生きることしかできないのだから。

とりあえず今は、自分と気の合う仲間をたくさん集めて、そして仲間が集まる家や建物を近所にどんどん増やしていって、街の中に見えないもう一つの街を作る、というようなことができたらいいなと思っている。

そんなことを最近は考えているのだけど、僕は極度に飽きっぽいので、3年後くらいにはまた別のことを考えて全く別の暮らしをしているかもしれないけれど。

まあ別のことをしたくなったら、そうなってから考えればいいんじゃないだろうか。どうせ人生なんて死ぬまでの暇潰しなんだから。

あとがき

　来週引っ越しをするので荷物をまとめている。もともと物をあまり持たないようにしているので、そんなに手間はかからない。いつでも気軽に引っ越せる身軽な状態でいたいと思っている。

　今住んでいるシェアハウスの近くに新しくもう一軒シェアハウスを作ることになったので、そこに引っ越す予定だ。こんな調子で自分たちの仲間の家をたくさん近所に増やしていって、ゆくゆくは一つの街みたいにできたらいいなと思っているのだけど、先はどうなるかよくわからない。

　今の家にはシャワーしかなかったのだけど、次の家にはバスタブがあるのが嬉しい。部屋も、今はシェアハウスの共用作業スペースの隅っこを本棚で区切って住んでいるのだけど、新しい家では普通の個室に住むことができそうだ。次の家の近くは飲食店も多いし交通も便利なので、よそのエリアの人も遊びに来やすくなるだろう。川が今より近くなるのもいい。ただ、今の家は近くにサウナがあるけど新しい家の近くにはないのでどうしようか。あとは、近くのコンビニやスーパーが使いやすいとよいのだけど。他に何か気にするべきことはあったっけ。

今住んでいるシェアハウスに何か不満があったわけじゃない。物件の構造も、一緒に住んでいる人たちも、近所の街も、全部気に入っていた。だから、引っ越しをするのは結構寂しい。「今の快適な環境を捨てる必要はなかったのでは？」と考えてしまったりする。

だけど僕は、半年も同じような暮らしをしているとなんだか気が滅入ってきて、「どこでもいいからどこかへ行きたい」と思ってしまうところがある。

そんな自分の性質を考えると、定期的に引っ越しをしたりして環境をガラッと変えたほうがよいのだろうと思う。今の家には1年半も住んだので、そろそろ潮時だろうか。

僕みたいな定住が苦手な人たちをたくさん集めて、家をいろんな場所にたくさん用意して、定期的に住居と住人をシャッフルすればちょうどいいのかもしれない。

いや、そんなシステムを作ったとしても、そのシステム自体にまたそのうち嫌気がさしてきて、別のやり方をしたくなってしまうような気がする。

多分僕のような人間は、世界のどこにどんな風に暮らしても飽きることからは逃れられないのだろう。

今度の街は僕をどれくらい飽きさせないでくれるだろうか。

この本の執筆にあたっては、幻冬舎の大島加奈子さんにお世話になりました。ありがとうございます。

２０１７年５月

pha

文庫版あとがき

この本の文庫版が出ることだし、せっかくだから久しぶりに高速バスに乗ってサウナに入りに行こう、と思って、静岡県の御殿場にやってきた。

新宿から御殿場までは高速バスで約2時間で着く。名古屋や大阪に行くのと比べると近いものだ。ようやく体がバスの中の空間に馴染んできた、と思ったらもう降りなきゃいけなくて、ちょっと乗り足りないなと思ってしまうくらいだ。

御殿場といえば富士山のふもとの街として有名なのだけど、着いたのが夕方頃だったので、富士山は黄昏の空にのっぺりと黒く浮かぶ影絵みたいな感じに見えた。

東名御殿場のバス停から5分ほど歩いて、本日泊まるサウナ、オアシス御殿場にチェックインする。

知人の話なのだけど、仕事がつらくてうつ状態になって、何もかも投げ出して失踪しようと思って名古屋行きの高速バスに乗ったことがあったらしい。だけどバスの車内で気が変わって、御殿場で途中下車して、このオアシス御殿場に泊まったのだそうだ。そしてサウナに入ったら少し気分が楽になったので、翌日また東京に戻って仕事に復帰したらしい。サウナに救われたというい話だ。

荷物をロッカーに入れて、とりあえず風呂に入った。東京と違って広くて人が少ないのがよかった。そして食堂でスタミナ炒め定食を食べてから、コミックコーナーで漫画を読みながらしばらくごろごろして、そしてまたゆっくりサウナに入った。

寝る場所は、サイレントルームという部屋にリクライニングソファがたくさん並んでいるので、そこで眠った。イヤフォンで音楽を聴きながらスマホをぼんやり見ていたらいつの間にか眠りに落ちていた。

「当館は8時から清掃のため大浴場に入浴できなくなります」

そんな感じのアナウンスで目が覚めた。時計を見ると朝の7時半だ。本当はもうちょっと寝ていたいのだけど、この施設は9時チェックアウトだからしかたない。

せっかくだからもう一度風呂に入るか、と思って、眠い目をこすりながら風呂に入った。天気は快晴で、大浴場からは昨日は暗くて見えなかった富士山がはっきりと見えた。富士はやっぱり嘘みたいに美しいな。風呂に入ったあとにマッサージ椅子で少し体をほぐしてから、チェックアウトした。

せっかく静岡に来たので静岡名物のさわやかというファミリーレストランのハンバーグを食べて帰ろうと思ったのだけど、さわやかが開店する11時まであと2時間くらいあるので、近くにあるコメダ珈琲に入って、モーニングを食べながらこの文章を書いている。

御殿場は、オアシス、さわやか、コメダ、ブックオフが全部徒歩で行ける範囲にあるので、風呂に入ってごはんを食べてお茶を飲みながら本を読んだり文章を書いたりするという自分の行動パターンが全部ここだけで完結できて最高だな。東京からも近いしまたときどき来よう、と思った。

この本に収められている文章は、最初は漫画の『孤独のグルメ』(原作・久住昌之、作画・谷口ジロー)の旅行版みたいなのをやりたいな、と思って書き始めたものだった。

『孤独のグルメ』が面白かったところは、それまでのグルメ漫画って豪華な料理や見たこともない料理が出てくるものが多かったけれど、『孤独のグルメ』に出てくるのは別に豪華でも贅沢でもないどこにでもあるような料理ばかりで、そんなありふれた料理を酒の飲めない中年男が一人で黙々と食べるだけ、というところだった。

そんな風な、なんてことないごはんを地味に食べる喜びというのは、誰もが知っていたけれど、それまであまり語られることがなかったものだった。『孤独のグルメ』はそれを描いたのが画期的だった。

そして、それと同じような楽しさは旅行でもあるよな、と思った。豪華な旅行でも珍しい旅行でもないけれど、高速バスに乗ったりスーパー銭湯に泊まったり、ファミレスやサービスエリアでごはんを食べたり、そんな地味でお金のかからない旅行が僕は好きだったので、そうした旅行の楽しさを書きたい、と思ったのだ。

書いていくうちになんとなくテーマは広がってきて、「旅」だけではなく、「街」や「住む場所」のことも書くようになってきた。そもそも「旅」と「街」と「住む場所」は完全に切り分けられるものではなくシームレスにつながっているものだ、ということも書きたかった。

この本の構成は、第一章が高速バスやビジネスホテルやサウナなどの普通の観光では注目しないような場所を楽しむ「旅」について、第二章がファミレスや漫画喫茶や牛丼屋などのどこの街にでもあるようなチェーン店の良さについて語る「街」について、第三章がいろんな土地のいろんな家に泊まったり暮らしたりしてみた話について書いた「住む場所」について、となっている。

いろいろな内容を書きつつも、全ての文章の根っこにあるのは、「何もなさそうな場所でも面白いことはいくらでも見つけられる」ということと、「同じ場所にいるとすぐに飽きてくるから新しい場所に移動しつづけたい」という2つのテーマだ。

単行本版のあとがきでは、「もうすぐ新しいシェアハウスに引っ越す」ということを書いたのだけど、そのシェアハウスに二年住んだあと、また引っ越しをして、今は一人暮らしをしている。十一年間ずっとシェアハウスをやっていたので一人暮らしをするのはとても久しぶりだ。

最後に住んだシェアハウスは、引っ越したばかりのときはとても盛り上がっていた。会社を経営している人が仲間に一人いたので、シェアハウスビルを建てて変なやつをいっぱい住まわせようとか、珍しい動物を繁殖させて無職に世話をさせようとか、北極圏に仮想通貨の採掘所を作って無職を送りこもうとか、いろんなよくわからない計画が立ち上がっていた。だけど、いざ実現しようとしてみるとなかなか難しいことが多く、うまくいかないな、とぼんやりしているうちに全ての計画が立ち消えになってしまった。まあそんなものだろうと思う。みんな飽きっぽいのだ。

そんないきさつを見ているうちに、シェアハウスも十一年もやったし、ちょっと飽きたな、という気分になって、久しぶりに普通に一人暮らしをしてみよう、と思ったのだった。

一人暮らしもそのうち飽きるかもしれないけれど、今のところはまあまあ満足している。飽きたらまた別のことを考えたい。

世界のいろいろな神話や宗教における時間観を調べてみると、「直線的な時間」と「循環する時間」の二通りがあるらしい。

直線的な時間観では、世界は一つの方向にどんどん進んでいくもので、歴史が進んでいったその先には終わりが設定されている。例えばキリスト教の最後の審判とか。記号で表すとA→B→C→…→X→Y→Zという形だ。

循環する時間観では、世界は一方向に変化していくのではなくあるパターンを繰り返すだけで、はっきりとした終わりのイメージを持たない。記号で表すとA↓B↓C↓D↓A↓B↓C↓D↓…といった形だ。ニーチェが唱えた永劫回帰という概念はこれの極端なもので、キリスト教の直線的な時間観へのアンチテーゼとして生まれた。

この宇宙がビッグバンによって始まってビッグクランチで終わるとすると直線的な時間観になるけれど、ビッグクランチのあとにまたビッグバンが始まって新しい宇宙が生まれると考えると循環する時間観になる。

そもそも現実というのは直線的に進む側面も循環していく側面もどちらも持っているものだと思うけれど、どちらの面を重視するかは、人によって、また思想によって分かれるものだ。そして僕は、かなり循環する時間観に沿って生きているなと思う。

直線的な時間観を個人に当てはめると、「何か大きな人生の目標があって、それを目指して生きていく」という風になる。それに対して循環する時間観には特に目標がない。始まりも終わりもはっきりせず、ただ上がったり下がったりを繰り返していくだけだ。僕の人生観はこれだ。

調子がいいときも「こんなうまい話がいつまでも続くわけがない」と思っているの

であまり調子に乗らないし、調子が悪いときは「たまたまタイミングが悪いだけでそのうちまた浮上するだろう」と思っているのでそんなに落ち込まない。

発展や目標は要らない。ただ、同じ状態が続くと飽きてくるので、ときどき状態を変化させることが必要になる。そんなときに人生に変化をつけるためのものとして旅行や引っ越しがある。

サウナにずっと入っていると熱くて苦しくなってくるので水風呂に入るのだけど、水風呂もずっと入っていると寒くて凍えてくる。だからサウナと水風呂に交互に入るといいのだけど、熱いのと冷たいのに交互に入っているとなんだか気持ちよくなってくる。

人生もそれと同じようなもので、同じことを続けているとどんなものでも飽きてくるから、ときどき別のことをしてみる必要があって、だから人生ではみんな別にやらなくてもいいいろんなことをしてしまう。世界というのはただそれだけのものなんじゃないかと思う。

この本は、誰よりも飽きっぽい僕が、何気ない日常を楽しんでいくために普段から実行している、人生に変化をつけるやり方をまとめてみたものだ。僕が今まで出した本の中で一番、自分の好きなことや楽しいことをひたすら書いた本になったと思う。

この文庫版では、単行本のときの『ひきこもらない』というタイトルを『どこでもいいからどこかへ行きたい』に変更し、構成も大幅に変えてみました。いつもと違う景色が見たい気分のときに手にとってもらえたらよいなと思います。文庫版の制作にあたっては、幻冬舎の竹村優子さんにお世話になりました。ありがとうございます。

２０１９年12月

pha

解　説――乗れない人の抜け道とサーチライト

渡辺ペコ

２０１２年、ｐｈａさんの初めての著作『ニートの歩き方』が出版されたとき、すぐに読んで面白さに度肝を抜かれると同時にとても影響を受けた。あの読書はわたしが自分の考えの中に「社会」という視点を持つきっかけにもなったので感謝もしている。

ｐｈａさんは浮世離れしたイメージがあるけれど、夢想の世界を楽しむことと同様、豊かな知識に基づいて社会のレイヤーをとても注意深く見極められるバランス感覚を持った人でもある。

リアルのｐｈａさんの声は民族楽器のようないい響き方をするし何か有難いことを言っているような雰囲気もあるのでつい耳を澄ましてしまうのだけど、おそらく他人に対して主張したいことがないためかあまり長文を話さないし、誰かの意見に反論することも大きな声で自説を唱えることもない。「おー…」「あー…」「うーむ…」というので、その後何か続くのかと思って聴いているとそのまま終わり、ということがままある。豊かな知識と優れたバランス感覚はライブではほとんど発揮されないのだ。

けれどｐｈａさんは文章では饒舌だ。

ｐｈａさんの文章にはゆるく読めるものでもさらりと雑学や解説が差しはさまれていたりするのだけど、読者に対して気づきや学びを「与え」たりというものではない。

昨今では、うかうかぼんやりしていると啓発されたり煽られたり畳みかけられたりすることがままあるし、なるほど面白い、と読んでいるといつのまにか何か良さげなものの市場にうまく誘導されているという本や文章も多いのだ（そしてわたしはしばしば安易に乗せられてしまう）。

けれど、ｐｈａさんの文章は、気に入ったらどうぞ読んだり眺めたりしていってください、違うな、と思ったら無理せずさようなら、という距離感で淡々と綴られているようだ。だから読者のこちらも好きな楽しみ方、つきあい方ができる。

脅かされない、急かされない、押しつけられない。

それはｐｈａさんと世界の距離感にも似ているように思う。

『どこでもいいからどこかへ行きたい』はそういうｐｈａさんの世界との戯れ方について書かれた本だ。

お気に入りの場所、心惹かれるスポットにフォーカスして自分がどうしたら楽しめるのか、たゆたいながら探求し（ときに諦めて）いくさまが書かれている。ゴージャスさや派手さはないけれど、街や施設や旅路が表情豊かな様相を見せている。

自分が何に快、あるいは不快を感じ何を喜びとし、いま何に倦怠を感じ何に挑戦したいのか、ｐｈａさんは自分をよく観察し相談している。自分を信頼し、丁寧に扱うとはそういうことなのかもしれない。自分より世間の常識や慣例や雰囲気を上位に置かない、そのことに細心の注意を払っているように見える。

そしてｐｈａさんは、喜びや面白さ、楽しさだけではなく、自分が飽きることにも敏感なのだ。張り切ってトライしてみたけど想像とは違った、うまくできなかったというしょんぼり感肩透かし感に対しても。

すぐ飽きるだけでなくわりとすぐ諦める。そしてわりとすぐ終了する。また、それを隠さない。怠惰なんだかストイックなんだかよくわからない。わからないけれど正直な人なのだろう。そう思わされる。

　これがなかなか常人には難しいように思う。意欲的に始めたこと、気持ちの昂《たか》まり、何かを好きになることは「よい、ポジティブな」ことだから、大きな声で表明したい気がする。反対に「あんまり面白くなかった、合わなかった、実はけっこうストレスだった」等は失敗に近いから、ちょっと恥ずかしいし隠したくなるのが人情というものではないだろうか。

　けれどｐｈａさんは興味を持ちときめきを感じて夢中になること、時間やエネルギーを使ってはまること、変化する自分、個人的なこだわりや思い込み、アンフィット感、すべて優劣をつけずに提示する。そこがｐｈａさんなんだなーとわたしは感心する。そしてときどき笑ってしまう。その取り繕わなさに。身も蓋もなさに。

例えば「別荘」を買って浮かれた気分が冷めてきた頃の友人とのやりとり。

「もう売っちゃう？」

「でもあんなボロい部屋、今さら売れるかな」

（略）

「でもまあ僕らはよくわからずに買っちゃったわけだし、僕らみたいなバカがまた買うんじゃないの？」

「おー……。それはありそう」

え、ひどい。いや、ひどくはないけど諸行無常を感じる。買われ売られ、別荘の流れは絶えずして、しかももとの別荘にあらず、みたいなものなのか。ならば仕方ない……気がする。

「野宿未満」ではこう書く。

「初めての一人キャンプは、楽しかったといえば楽しかったけど、ものすごく楽しかった、というほどではないな。またやるかどうかは微妙だ」

テンション低い。そして低さに対してのフォローや言い訳もない。低いまま終わった。

小笠原諸島滞在についてはどうか。

「小笠原では大して特別なことを何もしなかったせいか、３週間もいたのにあまりはっきりとした記憶が残っていない」

海に囲まれた島でも通常営業。さすが。そしてその上記憶も曖昧だ。

けれどｐｈａさんは重ねてこうも言う。

「忘れないものや物質としてあとに残るものしか意味がないという考えはつまらないし、そういう考えを突き詰めると、人間はどうせ死んで全てはなくなるから何をしても無駄、というところに行き着くんじゃないかと思ったりする」

こういうのが出てくるので読み続けてしまうのだ。テンションが低いからこそなのか、洞察や考察が落ち着いて冴えている。

ｐｈａさんは自分にとっての「おもしろ」や違和感を探ることに真摯な人だが、その対象が人気があるか稀有であるか優れているか美しいか、また、その場に行ったり経験したりすることで驚きや感動を得るかどうかも意に介してはいないようだ。

世界との関係性、出会い、盛り上がり、倦怠、別れを率直に描写する。わくわくはあっても過剰な期待を持たず、予想と違っても恨みを持たない。そのひとつひとつをただありのままに眺めて味わっている。

わたしには、ｐｈａさんが世界に自分としてただ在ることの価値を信じているように見える。それが凡夫には少しうらやましく眩しい。

ここでひとつ別の話をさせてほしい。

この解説の仕事を受けた後に、SNSにおいて幻冬舎周辺である騒動があった。詳細は省くが、経営者が著者への苦言を実売部数と共に明記した（現在は謝罪の上削除されている）。

わたしはネットで眺めていただけなので一連の騒動の真相と経緯はわからないけれど、それらの言葉を見て憂鬱になった。著者の発言権と部数は相関関係にあるべきという考えを公言しているように見えたから。私自身が幻冬舎では惨憺たる成績だったことも関係しているかもしれない。幻冬舎がそういう方針であるならば、自分のような者がここで言葉を綴って形に残す仕事をするのは適切なんだろうか、と迷いもした。けれどやはり引き受けることにしたのは、ｐｈａさんの本は、出版の世界に限らず蔓延する成果主義、マッチョ志向に乗れない人にとっての抜け道になり得ると信じているからだ。

声の大きい人の嘲笑交じりの侮蔑に、一方的に持ち出される比較やジャッジに、ひるまずびびらず踊らされずに生きていきたいとわたしは強く願っているから。

社会における相対的な評価と完全に無縁で生きていける人はいないだろう。でも、自分が人生の中でその基本方針を採択するかは、個々が判断していいはずだ。

世界に反響する無数の音の中に、自分が心地よいと感じる声を見つけ、自分の様子によく気をつけ自分の本当のペースに合わせて、たとえ生産性がなくとも、脇道を歩いたり昼の長距離バスに乗ったりサウナと水風呂に挑戦したり、ファミレスでお気に入りの時間にだらだら休んだりしていいのだわたしたちは。

いや、実際にこの本に書かれた行動をなぞらなくても、こういう大人の遊びがあるのだと知って想像するだけで世界への期待が少しだけ膨らむ気がする。

この本はｐｈａさんが名所ではない場所や土地をサーチライトのように照らして見せてくれるガイドのようなものだ。読者を脅かしたり急かしたり何かを押しつけたりすることなく。

このように世界の楽しみ方面白がり方歩き方を紹介してくれる一冊が、読みやすい形になって再び放たれたことを祝福したい。

――漫画家